おれは一万石

国替の渦

千野隆司

双葉文庫

目次

那珂湊
高浜
秋津河岸
霞ヶ浦
北浦
鹿島灘
利根川
小浮村
高岡藩
高岡藩陣屋
飯貝根
酒々井宿
銚子
東金
外川

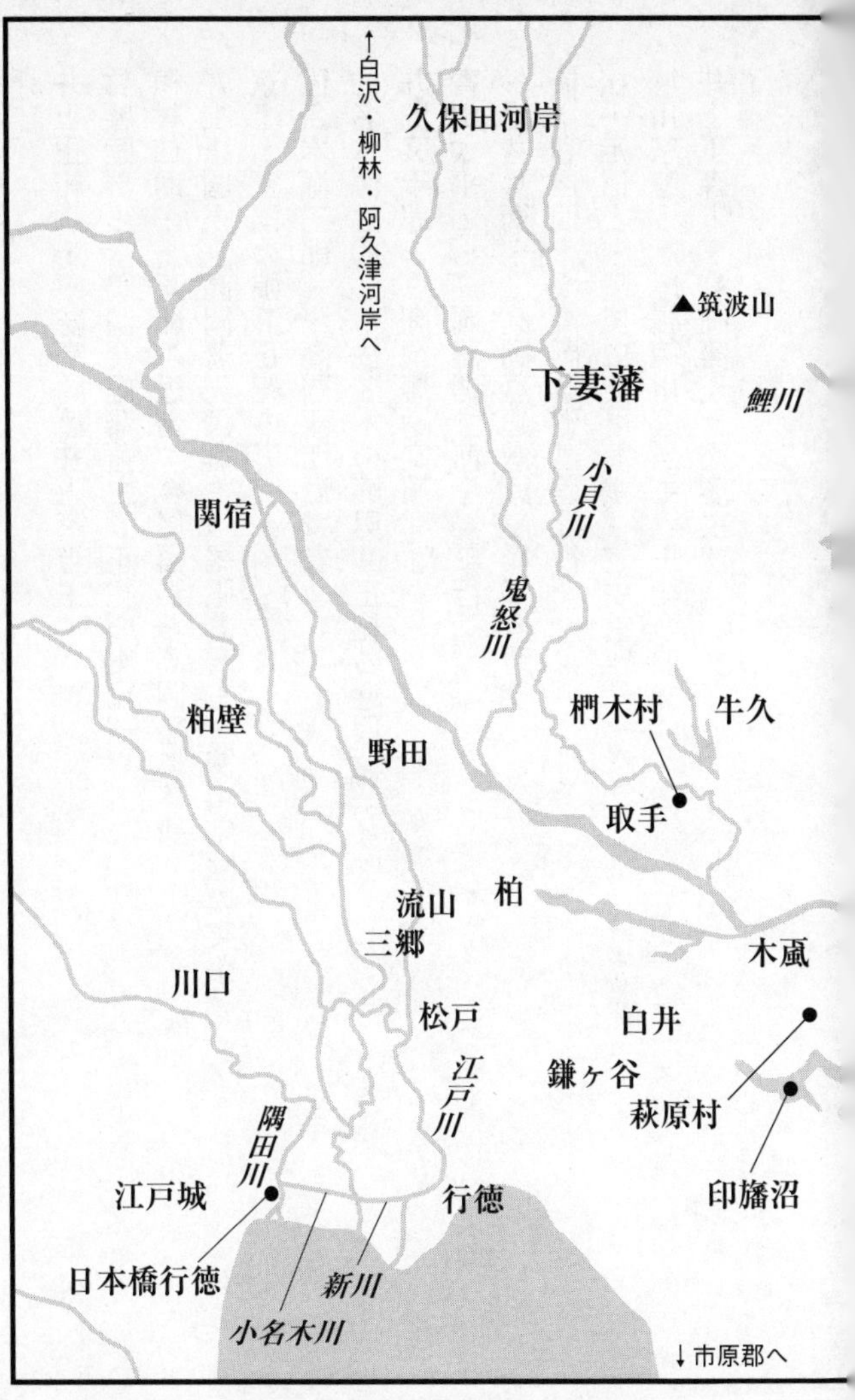

↑白沢・柳林・阿久津河岸へ
久保田河岸
▲筑波山
下妻藩
鯉川
小貝川
関宿
鬼怒川
椚木村
牛久
粕壁
野田
取手
柏
流山
三郷
木颪
川口
松戸
白井
江戸川
鎌ヶ谷
萩原村
隅田川
印旛沼
江戸城
行徳
日本橋行徳
新川
小名木川
↓市原郡へ

おもな登場人物

井上正紀……下総高岡藩井上家当主。
竹腰睦群……美濃今尾藩藩主。正紀の実兄。
植村仁助……正紀の近習。今尾藩から高岡藩に移籍。
井上正国……高岡藩先代藩主。尾張藩藩主・徳川宗睦の実弟。
京……正国の娘。正紀の妻。
佐名木源三郎……高岡藩江戸家老。
佐名木源之助……佐名木の嫡男。正紀の近習。
井尻又十郎……高岡藩勘定頭。
青山太平……高岡藩廻漕河岸場奉行。
杉尾善兵衛……高岡藩廻漕河岸場奉行助役。
橋本利之助……高岡藩廻漕差配役。
松平定信……陸奥白河藩藩主。老中首座。
徳川宗睦……尾張徳川家当主。正紀の伯父。
井上正森……高岡藩先々代藩主。

おれは一万石

国替の渦

前章　河岸の斬撃

一

青く広がる空の高いところに、筋雲がかかっている。じっと見ていると、吸い込まれていきそうな空だ。その下を数羽のヒヨドリが、甲高《かんだか》い鳴き声を上げながら飛んで行った。

利根《とね》川の流れは穏やかで、秋の日差しを浴びて輝いて見える。

帆を張った五百石積みの荷船が下ってゆく。船上で綱《つな》を操る半裸の水主《かこ》たちの姿が見えた。

五棟の納屋《なや》が並ぶ高岡河岸《たかおかかし》の船着場には、四百石積みの荷船が停まっている。下総《しもうさ》高岡藩領小浮《こぶけ》村の小前《こまえ》の百姓昌助《しょうすけ》も船に乗り込んで、四斗《しと》の下り醬油樽《しょうゆだる》を担《にな》った。

集まった近隣の百姓たちと共に、船から荷を下ろして納屋へ運び入れる。その掛け声が、空に響いた。

初めは、四斗の樽を一人では担えなかった。しかし交代でこの仕事をするようになって、慣れてきた。今ではふらつくこともなくなった。

荷の数を検《あらた》めているのは、高岡藩廻漕河岸場方《かいそうかしばかた》の橋本利之助《はしもとりのすけ》だ。元は納屋の番をする役目だったが、正紀《まさのり》が藩主になった折に、河岸場の活性化を図る今の役目に就いた。

折々江戸《えど》から、荷と共に高岡へやって来た。

高岡河岸に運ばれるのは、下り醬油だけではない。下り塩や〆粕《しめかす》、魚油《ぎょゆ》など様々だ。米や麦、雑穀などもある。

関宿《せきやど》から荷船で運ばれた物品を、霞《かすみ》ヶ浦《うら》や北浦《きたうら》、銚子《ちょうし》へ運ぶ荷としてここで分けた。またそれらから運ばれた荷を、取手《とりで》や関宿まで運ぶ中継地として利用されるようにもなってきた。

水上輸送は、荷運びの要《かなめ》だ。高岡河岸は、その役割を果たす河岸場として、この一、二年その役割を大きくしてきた。

荷運びには、近隣のすべての村の百姓たちが、交代で携《たずさ》わっている。その威勢のい掛け声が、秋の空に広がっている。八月も八日になった。

村の女は、船頭や水主に茶や握り飯、自家製の饅頭《まんじゆう》などを売る。船着場には活気があった。納屋利用の荷船が増えるにしたがって、近隣の村に日銭が落ちるようになった。

船着場では、藩の番人と廻漕河岸場方の橋本利之助が出て荷入れの確認を行っていた。

樽一つを運び終えると、昌助はまた船に戻って次の樽を運ぶ。慣れたとはいっても重いので、楽ではない。しかしこの仕事は大切にしていた。

他に稼ぐ手立てがないからだ。跡取りの倅《せがれ》も田に出られるようになったが、それで暮らしが楽になったわけではない。どうにか暮らしていける程度だ。

「荷運びの仕事は、ありがてえ」

そう思っていた。お陰で農閑期に出稼ぎに出なくても済むようになった。荷船は一年中やって来るからだ。

万事にかっとなりやすい質《たち》だから気をつけろとは、名主の彦左衛門《ひこざえもん》やその跡取りの申彦《さるひこ》からよく言われる。しかし数年前の凶作が続いた天明《てんめい》期のような追い詰められる暮らしではなくなって、気持ちも落ち着いてきた。

高岡河岸は、五年前に美濃今尾藩《みのいまお》竹腰家《たけのこし》から婿に入った今の藩主正紀が、井上家《いのうえ》の世子《せいし》の座に就いてから利用が活発になった。藩財政の回復に大きな役割を果たしたと聞いている。しかしそれだけではなかった。

百姓たちに日銭が入るようになって、暮らしの救いになった。天明の飢饉《ききん》の折には一揆まで起こったが、今は落ち着いている。

「そうなったのは、正紀様のお陰だ」

昌助だけでなく、村の者は正紀への信頼の気持ちが厚かった。

醬油樽が下ろされ船が空になると、今度は隣の納屋から材木や木炭、干物といった品が運び込まれる。納屋に入れられた荷は、明日以降に百石積み程度の荷船で、霞ヶ浦や北浦、銚子方面の河岸場へ運ばれる。

河岸場の周辺は、見渡す限りの田圃《たんぼ》で稲が実っている。利根川沿いなので水害もあるが、水の便はいい。野分《のわき》の嵐にやられたという村の話も聞くが、このあたりでは大きな被害に遭うことはなかった。正紀が婿に入る直前に、二千本の杭を使っての護岸工事が行われた。

村の者たちは、今の暮らしに満足している。藩札《はんさつ》も出回っているが、高岡藩ならば安心という気持ちで流通していた。

「おや」

荷船を見送ったところで、昌助は声を上げた。やや離れたところから、出航の様子を見ている深編笠の侍がいるのに気がついたからだ。長身痩躯《ちょうしんそうく》で、身なりは浪人者ではない。

高岡藩士とは思えなかった。それならば、わざわざ河岸場を探るようなことはしない。

「そういえば、昨日も見かけたぞ」

得体の知れない侍だ。旅の侍が通り過ぎることはあるが、それとは明らかに違った。何か意図があって、陣屋や村の様子を窺《うかが》っている気配だ。

村の百姓の中には、河岸場について問いかけを受けた者もいたと聞いた。

ただこの段階では、早くいなくなれと思っただけだった。姿が見えなくなって、ほっとした。

半刻（一時間）ほどした後、人気のなくなった河岸場の近くを通った昌助は、またしても侍の姿を目に留めた。田圃からの帰りだから、鍬《くわ》と籠《かご》を担っていた。

「まだいたのか」

今度は、誰もいない納屋の傍で建物を検めている。藩の番人の姿はなかった。その隙に近づいたのだと察した。

入口の戸を押して開けようとした。

「な、何だ」

腹立たしい気持ちになった。納屋の品は、すべて預かったものだ。それを余所者《よそもの》が
やって来て検めようとしている。

しかも誰もいないことを見越した上でだ。

「盗もうとでもいうのか」

それならば許せない。預かった品が奪われたり傷つけられたりしたら、それは高岡
河岸の信用に関わる。ここに荷を置く者がいるから、百姓たちは日銭を得られていた。

今となっては、欠かせない実入りとなっている。

何かあったら、ここに荷を置く者はいなくなる。

納屋の戸には、錠前がかけられている。簡単には開かないことになっているが、侍
は慎重に検めていた。

「やはりおかしい」

昌助は、近くへ寄った。

「何をしていなさるんで」

声をかけた。いきなり声をかけたから、相手の侍は驚いたらしかった。

「いや。何でもない」

わずかに慌てた様子を見せた。手にしていた手拭いで、額の汗を拭いた。このときは深編笠を取っていた。三十代半ばくらいの歳だった。

「そうですかね。ずいぶん念入りにご覧になっていたようで」

疑う物言いになっているのは、自分でも分かった。たとえ相手が侍であっても、納屋に危害を加えるような真似をしたら、ただでは済まさないという気持ちがあった。

「余計なことを申すな」

腹を立てた様子だった。とはいえ、何かをしてくるわけではなかった。ここは高岡藩領だ。

侍はそれで行ってしまいそうになった。いなくなるならばいいが、また現れて何かをするのではないかと昌助は考えた。

たまたま通りかかって、納屋に関心を持ちここへ来た者ではない。それで背中に問いかけた。

「どちらのご家中で」

逃がさないぞという気持ちがあった。怖さは感じなかった。大きな声を出せば、誰かがやって来る。

侍への不審は、大きくなるばかりだった。

家中の侍に、伝えておかなくてはと思っていた。どのような企みがあるか分からない。ならば何者か、確かめておくべきだろう。

「百姓ごときが、なぜそのようなことを訊く」

侍が振り向いた。目に怒りがある。

「言えねえんですかい」

いわれのない怒りを向けられたと感じて、強く出てしまった。

「錠前のかかった納屋を、他所《よそ》から来て念入りに調べている。いってえ、何をしているのかと」

「何だと」

盗人とは言っていないが、それに近い言い方になった。

侍の目尻が、ひくりと動いた。百姓風情に不審者扱いされたと、腹を立てた模様だった。しかし昌助は怯《ひる》まず、腹に力を込めて睨み返した。

つい、握っていた鍬に力が入ってしまった。乱暴なことを、されそうな気がしたからだ。

「無礼なことを申すと、ただでは済まぬぞ」

侍は鍬の刃先に目を向けてから言った。

「どうなさろうってんで」

ここで少し怖くなった。侍は鍬を向けたことで、さらに怒りを滾《たぎ》らせたと感じたからだ。とはいえ、歯向かうつもりはなかった。相手は侍だ。

怒りの目を向けたまま、侍は腰の刀に手を当てた。脅しではないと感じた。怖れがにわかに湧き上がった。

「斬ろうってんですかい。や、やれるもんなら、やってみやがれ」

怖いくせに、言ってしまった。騎虎《きこ》の勢いといったところだ。

「おのれ、愚弄《ぐろう》いたすか」

侍は刀を抜いた。手にしていた手拭いが、落ちたのが分かった。

「うわっ」

次の瞬間には、刀身が襲いかかってきた。避ける暇もなかった。肩に衝撃があって、すぐに意識が消えた。

二

同じ日の夕刻前に、井上正紀は下谷《したや》広小路《ひろこうじ》の高岡藩上屋敷の自らの御座所にいた。江戸家老の佐名木《さなき》源三郎《げんざぶろう》と勘定頭《かんじょうがしら》の井尻又十郎《いじりまたじゅうろう》、廻漕河岸場奉行の青山太平《あおやまたへい》とその配下の杉尾善兵衛《すぎおぜんべえ》、それに近習《きんじゅう》の佐名木源之助《げんのすけ》と同役の植村仁助《うえむらにすけ》の六名が顔を揃えている。

江戸家老の佐名木は五十二歳で、正紀の後見人としての役割を果たしていた。正紀は今年の三月に二十二歳で藩主の座に就いた。

一万石の小所帯とはいえ、そこには正紀の婿入りを面白く思わない者もあった。その中で藩財政の回復に向けて力を尽くすことができたのには、佐名木の力が大きかった。

勘定頭の井尻は、小心者で石橋を叩いてもなかなか渡らない。しかし藩の財政事情については、精通していた。五十一歳の今になるまで、勘定方一筋で藩に尽くしてきた。

「当家は、国替えの危機にありまする」

「それは間違いない」

井尻の言葉に、正紀は答えた。松平定信《まつだいらさだのぶ》が高岡藩井上家の国替えを企んでいることは、尾張徳川《おわりとくがわ》家の付家老《つけがろう》をしている兄の竹腰睦群《むつむら》から知らされた。

正紀はこの日、美濃今尾藩竹腰家上屋敷に呼び出されたのである。

「確かに、当家も年貢を得ているとはいえ、公儀が年貢の大半を得る村から酒を買い求めたのは、しくじりでございました。とはいえ、それで国替えとは、得心がいきません」

廻漕河岸場方の青山が言った。

寛政《かんせい》三年（一七九一）七月の初めに松平定信は『造酒額厳守《ぞうしゅがくげんしゅ》』の触《ふれ》を出した。害虫や野分による災害があって、一部の地域では稲が大きな被害を受けた。米不足が深刻となり、その対策として出された触だった。酒の生産を減らすことで、米の流通を確保しようとしたのである。

もともと酒は、厳重な領主統制のもとで製造された。酒造業は、幕藩領主経済の存続を左右する米穀《べいこく》加工業だったからだ。生産量を稲の出来具合を見ながら、領主が決めたのである。

不作の折は少なく、豊作の折は米価下落を防ぐために生産量を増やさせた。

定信は天領での酒造について、厳しく制限したのである。勝手には造らせない。過《か》造《ぞう》や隠造《いんぞう》は厳罰とするとした。

百姓が自家用として拵《こしら》えたどぶろくも、己が飲む分としては目こぼしをしたが、売買することは禁じた。たとえ少量でもだ。隠造とみなし、売る者も買う者も許さぬとしたのである。

定信の施策に倣《なら》う藩も、少なからずあった。そうなると酒の生産量は減る。これはとりもなおさず、酒価の値上がりを意味した。

江戸の酒価は、西国からの高級な下り酒から、下級な地廻り酒、そして濾過《ろか》をしないどぶろくに至るまで、じりじりと上がった。

青山を頭とする廻漕河岸場方では、正紀の承諾を得た上で、領内の百姓が拵えた自家用のどぶろくを買い入れ、江戸で売ることにした。

「杉尾と橋本が高岡領内の村を廻って、四斗樽《しとだる》二百八十八を集め、百七十両の利を得られたことは見事でござった。しかしな」

「まことに。二升とはいえ、山小川《やまこがわ》村の百姓から仕入れたのはしくじりでございました。面目《めんぼく》次第もございませぬ」

未練がましく言う井尻に、杉尾が応じて頭を下げた。

山小川村は高岡藩も年貢を得ているが、大方は公儀に納められていて、天領として扱われる村だった。定信ら幕閣は、ここを高岡藩の落ち度として、責めようとしていた。

事に当たっていた杉尾と橋本は、腹を切って詫びようとしたが、正紀は許さなかった。

二升の酒で、命を落とすことはない。生きて、難事を回避するために力を尽くせと命じたのである。

「詫びの言葉はもうよい。予期せぬ悪意が潜んでいたのだからな」

正紀は告げた。

「まさしく。たかだか二升のことですから。しかも卑怯な企みがあってのことでござる」

気持ちを抑えてはいるが、青山も不満が顔と声に出ていた。

「それにしても、国替えとは」

井尻が、大きなため息を吐いた。源之助と植村は、困惑の顔で頷《うなず》いている。言葉が出ないようだ。

源之助は佐名木の嫡男で、植村は正紀が高岡藩井上家に婿入りするときに今尾藩竹腰家から引き連れてきた家臣《かしん》である。この度の件は、井上家の大事であることは身に染みている様子だ。

この件については、睦群から聞かされてすぐに、下総高岡の国許《くにもと》にも馬を走らせていた。

「天領の酒を買い入れたのは、まさしくこちらの落ち度には違いない。とはいえ国替えというのは、いささかやりすぎですな」

「しかしあの方たちは、押すつもりのようだ」

佐名木の言葉に、正紀が返した。

「尾張一門である当家を、懲らしめるわけでございますな」

井尻が呻《うめ》いた。高岡藩は浜松《はままつ》藩井上家六万石の分家だが、先代正国《まさくに》と当代正紀が尾張徳川家の血を引いた者で、多くの者が尾張の一門と見ていた。

正国は尾張藩先代藩主宗勝《むねかつ》の十男で、正紀の実父勝起《かつおき》は八男だった。したがって現尾張藩主宗睦《むねちか》は、正紀の伯父ということになる。美濃今尾藩三万石の藩主である兄竹腰睦群は尾張藩の付家老の役にあった。

睦群が国替えの企みを耳にしたのは、幕閣の情報がいち早く宗睦のもとに入ってくるからだ。普通ならば分からない。

　宗睦は、定信が老中職に就くにあたっては御三家の筆頭として尽力した。定信の怜《れい》悧《り》さを評価したからだが、実際に宰相《さいしょう》の座に就くと、質素倹約を中心にした守りの政策ばかりで、宗睦の考えるものとは大きく違った。囲米《かこいまい》の触や棄捐《きえん》の令などは、明らかな失策と見ていた。

　そこで宗睦は、定信を見限った。対抗する立場に身を移したのである。

　御三卿《ごさんきょう》の一つ一橋《ひとつばし》徳川家の当主治済《はるさだ》は、実子で将軍家斉《いえなり》の弟である亀之助《かめのすけ》を、子のない清水《しみず》徳川家当主重好《しげよし》の養子にしようと企んだ。御三卿の二家を我がものにしようとした治済の企みを、定信は阻止したが、そのために、尾張徳川家と加賀前田《かがまえだ》家を繋げる結果になった。

　定信にしてみれば政敵である尾張徳川家と、外様とはいえ百万石の前田家が手を結ぶのは面白くない。その橋渡しの役割を果たしたのが正紀だった。

「あやつは、その方《ほう》を憎んでいるぞ」

　睦群は、そんなことを口にした。あやつとは定信のことだ。

　高岡藩井上家と正紀に、意趣返しできる機会を探っていたところで、天領での二升の酒の件が明らかになった。

　定信や老中格で陸奥《むつ》泉藩《いずみはん》二万石本多《ほんだ》家当主の忠籌《ただかず》などは、してやったりと笑みを漏らしたことだろう。藩財政が持ち直しかけていた井上家を、国替えが再び窮地に陥《おとしい》れる。

それは正紀を困らせるだけではない。尾張徳川家にも、痛手を負わせることになる。

「国替えは、ただ領地が変わるだけではございませぬ」

「いかにも。精魂込めて盛り立ててきた高岡河岸を奪われるということだ」

青山の言葉に、正紀が頷いた。藩財政の逼迫《ひっぱく》を解決する手立てとして、河岸場の活性化に尽力してきた。

「替えられる領地が、肥沃《ひよく》な土地であればよいのですが」

同じ一万石でも、表高《おもてだか》と実高《じつだか》は異なる。痩せた土地であったり、災害を受けやすい土地であったりすれば、手に入る年貢高は大きく違ってしまう。

「そのようなことは、万に一つもあるまい」

井尻の期待を挫《くじ》くように、佐名木は言った。

「これは懲罰の意味の転封《てんぽう》だからな」

と続けた。

「国替えは、どのようなときに行われるのでしょうか」

源之助が問いかけてきた。言葉では聞いていても、高岡藩にとっては縁のない話だと思っていた。それが目先の難事として降りかかってきた。

「まずは軍事上の理由だな」

「謀反《むほん》を企みそうな藩があった場合に、それに対処するために譜代の藩を近くに置くわけですね」

「そうだ。世が乱れていた折は、これが多かった」

正紀が答えた。

「二つ目は、不始末をした懲罰としての国替えだな」

「となると、とんでもない土地に行かされるわけですね」

源之助は肩を落とした。井上家は、これに当たるからだ。

「三つ目は、幕府の要職に就任した大名の領地を、できるだけ江戸の近くに移すためのものだ」

「政務のために近くへ移すわけですね」

これは実用的な理由からということになる。老中やそれに近い重職に就任した大名の領地が、遠隔地の場合には、関八州《かんはっしゅう》やその周辺の土地に国替えとなった。これは家中にとっては、ありがたい国替えだ。

「しかしな、おおむねは将軍家の威光を示す意味合いが大きいぞ」

と口にしたのは佐名木だった。

「言うことを聞かないと、遠く離れた痩せた土地へ移すぞという脅しにするわけですね」

源之助は呑み込んだようだ。

「断れないのですか」

これを尋ねたのは植村だ。

「ひとたび発せられたならば、取り消すことはできぬ」

国替えは老中たちが決めても、将軍の命令として行われる。大名にとって将軍は、絶対的な主君だ。領地は、あくまでも将軍から与えられたものという考えだ。返せと告げられたら、返さなくてはならない。

「異議を申し立てることはできないのですか」

「もちろんだ。国替えは公儀の威光によってなされる。不満を述べることは、将軍家の政《まつりごと》に逆らったことになる」

将軍の命令によってなされるものだから、従わなければ井上家は改易となる。高岡藩士は浪人となり、一家一族は路頭に迷う。

太平の世では、再仕官などできない。

「高岡河岸を一片の通達で、奪われるなど考えられませぬ」

植村は不満の顔だった。高岡河岸と周辺の田圃を守るために二千本の杭を運び、塩や薄口醬油《うすくちしょうゆ》の輸送を行った。そうした数々の出来事が頭に浮かんだのかもしれない。苦労を共にした青山も悔しそうだ。

もちろん正紀も同じ気持ちだ。

「それにしても、いったいどこへ移されるのでしょうか」

井尻は不安な思いを隠さない。決まったものと受け取っているから、何よりもそこが気になるのだろう。そのまま続けた。

「家中の者の一族郎党すべてが、知らぬ土地へ移りまする」

「いかにも」

「その引っ越しの費《つい》えは、参勤交代の比ではございませぬ」

ため息を吐いた。引っ越しの費用は、すべて藩で賄《まかな》わなくてはならない。

「いったいどれくらい」

源之助が恐る恐る訊いた。

「移る土地にもよりまするゆえ、はっきりとは分かりませぬが、千両ではきかぬでしょう」

井尻の答えに、源之助と植村は顔を見合わせた。

「それだけではござらぬ」

「まだ何か」

「当家では、領民や出入りの商人《あきんど》に藩札を千四百両分も出してござる」

「なるほど」

藩士ならば、それは皆知っている。藩札とは、各藩が独自に領内に発行した紙幣のことをいう。

「土地から離れるならば、それをそのままにはできまい」

「ううむ」

源之助と植村は、今度は呻いた。

領主が出した紙幣だから、新領主が現れたならば通用しなくなる。国替えの折には、藩主はそれらを清算しなくてはならない。

「そのままにしたらどうなりまするか」

「転封を知った藩札を持つ領民や商人は、黙ってはおらぬであろう」

力のない声で井尻が応じた。千四百両もの換金するための金など、高岡藩にはない。江戸の大名貸しからも借りていて、その利息を払うのがやっとの状況だ。

「修羅場と化しますな」

青山が、絞り出すような声で言った。

「そうなると、正式な命が下る前に、国替えをなくすように頼むしかありませぬ」

と井尻が、半泣きの声で告げた。

「しかしな」

正紀は言葉と共に腕組みをした。相手は定信や本多である。お願いしますと言って、聞くわけがない。

「その役を、尾張様にお願いはできぬのでしょうか」

源之助が言った。井上家の本家は浜松藩六万石だが、これは当てにならない。頼るべきは御三家筆頭の尾張徳川家となる。

「何事もなければ、宗睦様はとうに動いている。しかしな、この度はたかが二升とはいえ、当家では触の出ている中で天領の酒を買い入れていた。向こうはそこを突いてきたのだ」

減封《げんぽう》になるのを避けられただけでも、よしとしなくてはならないところなのかもしれない。

「ならば手立てはないのでしょうか」

「国替えの目論見《もくろみ》を潰すような、出来事か事態がなくてはならぬであろう」

「それは、いったいどのような」

まだ誰にも思い浮かばない。居合わせた者は、言葉を呑み込んだ。

「何であれ、そこを探すしかあるまい」

佐名木の言葉に、一同は頷くしかなかった。

第一章　三方領地替

一

河岸場の納屋からいったん陣屋へ戻った橋本と番人は、発送した荷と受けた荷の品数を綴《つづ》りに記していた。順調に納屋の利用が増えている。

一度試しに使った問屋が、その利便性に気づいて、再び使うようになるのは嬉しいことだった。そうして恒常的に使う問屋が増えれば、新たな納屋を建てることができる。

空きがないように、使う者を増やす。効率よく利用ができれば、実入りは増えるはずだった。それを目指したい。

同じ廻漕河岸場方の杉尾善兵衛は、利根川の輸送を行う江戸の問屋を廻って、利用をする商家を探しているはずだった。

今回運んできたのは、薄口の下り醬油だ。高岡藩にとっては大事な輸送品で、そのために橋本は、単身荷船に乗ってついてきた。預かった荷を守るのは、重要な役目だ。それでこそ、金子が得られる。

そこへ小浮村の百姓が駆け込んできた。青ざめた顔をしている。

「な、納屋で、昌助が斬られました」

「何だと」

いきなりのことで、仰天した。少し前に荷船を送り出したが、それらしい兆候は何もなかった。

「命は無事か」

「たいそうな出血ですが、今は生きています」

意識はないとか。

「河岸場から一番近い、家へ運びました」

国家老の河島一郎太《かわしまいちろうた》に伝えた上で、橋本と番人、それに藩士三人がただちに現場へ向かった。昌助のもとへは、陣屋に詰めていた藩医を走らせた。一刀のもとに斬られていたとか。

納屋前の現場には、中彦ら村の者数名がいた。

「酷いことをしやがる」

橋本の顔を見た中彦が、怒りの面持《おもも》ちで言った。犯行の場を検めた。納屋の軒下には、血溜まりがあった。濃い血のにおいが、鼻を衝《つ》いてくる。

発見したのは、近くの百姓だ。

「叫び声を聞いて、駆けてきたらここに昌助が倒れていて」

斬った者の姿はすでに見えなかった。

「おや、あれは」

橋本が周辺に目をやると、古い手拭いが杭に引っかかっていた。

「荷下ろしをしたときは、なかったな」

「そうですね。斬ったやつが、落としたのでしょうか」

中彦が手に取った。昌助が使っていたものではない。

「ただの丸ですね」

だいぶ色褪《いろあ》せているが、手拭いの真ん中に蛇《じゃ》の目《め》が染められている。

「これは家紋だな」

「こんな手拭いを持っているやつは、村にいません」

橋本の言葉に、申彦が頷いた。

「そういえば昨日から、領内を見回る侍の姿があると聞いたが」

一刀のもとに斬られたとするならば、やったのは百姓ではない。武家でなければできない仕業《しわざ》だ。

「ええ、背が高くて浅黒い顔をしていました」

その顔や姿は、遠くからではあるが申彦も目にしたとか。ただ村人を脅したり乱暴を働いたりしたわけではなかった。

橋本も、長身瘦軀の主持《しゅうも》ちとおぼしい侍を見かけたのを思い出した。顔は覚えている。

「やったのは、その侍ですね」

「いかにもだが、なぜ昌助を斬ったのか。それが気になるな」

縁もゆかりもない相手のはずだ。ともあれ、昌助の様子を見に行く。三人の藩士は、周辺と川べりを当たる。

昌助の身を預けた農家には、野良着姿の昌助の女房おタヨと倅昌太《しょうた》が来ていた。

「おとう」

目に涙を溜めている。

昌助には女房と跡取りの倅の他に、娘とまだ幼《おさな》い男児がいた。楽な暮らしとはいえないが、土地を持つ小前なので食うのに困るわけではなかった。ただ大黒柱を失うようなことになれば、苦しくなるのは明らかだった。

「手当てはいたしたが、傷が深い。助かるかどうかは、何とも言えぬ」

藩医が言った。肩から袈裟《けさ》に、ばっさりやられていた。

「見事な斬り口でした」

相手は間違いなく侍で、それなりの腕の者だろうと藩医は言った。昌助から事情を聞きたいが聞けない。時折顔を歪める。その様を見るだけだ。

事件を聞いた村の者が、案じて様子を見にやって来た。

「あたしはやって来たお侍に、河岸場のことを訊かれたよ」

と言う中年の百姓の女房がいた。昨日のことだ。

「何を訊かれたのか」

「ええと、河岸場に運ばれる荷はどんな品で、どれくらいの量が運ばれるかといったことでしたけど」

長身瘦軀で、顔は覚えているとか。

「納屋の様子を探っていて、昌助に怪しまれたのではないですか」

申彦の言う通りだと思われた。探りに来た事情は分からないが、それより他に考えようがなかった。

「あの侍は、ご陣屋の近くでも見かけたぞ」

と言う者もいた。河岸場だけではなく、領内を探っていたことになる。領内を通り過ぎる侍はあっても、二日にわたってあれこれ探る様子の侍など、これまでにはなかった。

「いったい何が起こっているのか」

と橋本が呟《つぶや》いたところで、周辺の様子を探りに行っていた藩士が戻ってきた。

「不審な侍は、もうこのあたりにはおらぬ」

「逃げ足が速いですな」

「街道で姿を見た者はないゆえ、舟で離れたと思われる」

そう告げた。川沿いを探っていた者も姿を見せた。

「侍一人を乗せた舟が去るのを、見た者がいたぞ」

「どちらへ向かったので」

「川上だ」

一人で漕いで、南河岸付近を遡《さかのぼ》って行った。

「では、当たってみまする」

橋本も舟で追うことにした。村人を瀕死の目に遭わされて、捨て置くわけにはいかない。

「村の舟を出しましょう」

申彦が言った。共に行くつもりだ。申彦が艪《ろ》を握って、舟は川面《かわも》を滑り出た。

小さな船着場も、通り過ぎるときには一時停まって周辺に目をやった。草叢《くさむら》に舟を乗り捨てていないか、検めたのである。

しばらく行った西大須賀《にしおおすか》村の新川《しんかわ》河岸に人がいた。老人が船着場で釣りをしていた。

「侍が、一人で漕いで行かなかったか」

「そういえば少し前に、通り過ぎました」

川上を指さした。船影は見えないが、そのまま進んだ。次の安食《あじき》河岸でも、侍の舟を見た者はいた。そのまま進んでいった。

そして木下《きおろし》河岸へ出た。ここは賑やかな河岸場で、行徳《ぎょうとく》へ出る木下街道があった。取手や関宿へは向かわず、陸路江戸へ向かう道筋になる。

河岸場にいる船頭や荷運び人足《にんそく》に訊いてゆく。侍に気づかなかった者もいるが、覚えている者もいた。

「亀屋《かめや》の舟を借りたようで」

と口にした、老船頭がいた。木下河岸に昔からある旅籠《はたご》で、持ち舟があった。高めの利用料を預かって、返したところで差額を返金するという貸し方をしているそうな。

亀屋へ行って、番頭に話を聞いた。

「ええ、お貸ししました」

貸した相手の年頃や外見は、逃げた侍と重なった。

「名は分かるか」

宿帳《やどちょう》があった。直参瓦御用相良長兵衛《かわらごようさがらちょうべえ》と記されていた。舟と引き換えで、預かり金を返した。馬でやって来て、そのまま木下街道を走って行ったとか。

「どうせ偽名であろう」

宿帳は、いい加減な名を書くことができる。

「そうですね」

直参の瓦御用が、高岡領内を探るわけがない。

「目立った特徴はないか」

と尋ねた。

「背が高くて痩せていて、そうそう、微かに西国訛《なま》りがあったような」

番頭は答えた。どこの土地なのかは分からない。

二

翌日、正紀は井尻を伴い、麻布六本木《あざぶろっぽんぎ》の日向延岡《ひゅうがのべおか》藩七万石内藤《ないとう》家の下屋敷を訪れた。前藩主政脩《まさのぶ》は尾張藩先代藩主宗勝の十四男で、正紀の叔父に当たる。昨年に隠居をしていたが、尾張一門だった。

増上寺《ぞうじょう》の西側で、大名屋敷や寺に囲まれた閑静な地域である。途中の民家の柿の木に、青い実がなっているのが見えた。

内藤家は今から四十四年前の延享《えんきょう》四年（一七四七）に、陸奥磐城平《いわきたいら》から延岡へ国替えとなった。七万石の大所帯の国替えである。海を越えた遠方だ。

規模では一万石の高岡藩とは比べるべくもないが、その折の話を聞こうと考えたのである。

政脩が内藤家に養子として入ったのは明和《めいわ》七年（一七七〇）だからその前の話だが、昔を知る者がいて記録もあるだろうと考えた上での訪問だった。

「厄介《やっかい》なことになっておるな」

政脩は正紀に同情の目を向けた。宗睦から事情を聞いているようだ。甥っ子への同情といった気配があった。

「いや。国替えの話は潰したいと存じますが、念のために国替えの様相について聞くことができればと存じまして」

「それくらい周到でなければならぬであろう」

事前に申し入れていたので、政脩は勘定方の老臣を上屋敷から呼び寄せてくれていた。

内藤家が国替えになったときはまだ二十代の前半で、勘定方として移動の業務に当たった。

「忘れるわけがございませぬ。とんでもない大騒ぎでございました」

それを聞いただけで、井尻は生唾《なまつば》を呑み込んだ。

「あれは三月十八日、庭の緑も濃くなった頃でございましたな」

思い起こすように、老藩士は口を開いた。何の前触れもなく、当時の藩主内藤政樹《まさき》は登城を命じられた。すると将軍の御座の間に導かれた。ここは将軍が大名や旗本に人事を発令する部屋だ。

「そこで時の将軍である家重《いえしげ》様より、延岡への転封を申し渡され申した」

内示ではない、異動の命令だ。

「陸奥（福島《ふくしま》）から日向（宮崎《みやざき》）への転封でござる」

転封は少なからずあったが、陸奥から海を越えた日向である。江戸からでも、二百九十三里（約千百五十キロ）の道のりだ。途中で海路も使う。

「日向延岡藩八万石牧野《まきの》家が常陸笠間《ひたちかさま》へ、笠間藩六万石井上家が磐城平へ、当家が日向延岡へ移るという三方領地替えでござった」

当時は怒りや恨みがあったに違いないが、今は懐かしむ気配が顔にあった。とはいえ正紀や井尻にしてみれば、国替えは直面する難題だった。

そのとき牧野家当主貞通《さだみち》は京都所司代の役にあって、近く老中に就任する人物と目されていた。

「幕閣に登用される御仁《ごじん》の領地が遠方にある場合は、江戸近くへ移す。選ばれたのが、不運でござった」

「さようで」

「内藤家に何か落ち度はあったのであろうか」

「悪政による重税に加えて洪水や凶作があり、元文《げんぶん》三年（一七三八）に大きな一揆がございました」

この一揆では二万人もの群衆が城下に押し寄せ、役宅や町役所を破壊した。藩はこれを許さず、指導者多数を捕らえ、そのうち八名を領内で処刑した。

「これは公儀から、当家の不手際とされ申した」

それで陸奥国磐城平から日向国延岡への国替えとなった。この移動は、徳川政権下で最も長距離の転封とされている。

「一揆の不始末であったか」

「さようで。事があって、十年近くも経ってからのことでございます。何ゆえ今さらと、仰天いたしました」

恨みがましい口調になった。一揆は、他の地でも起こっている。公儀の専横《せんおう》と言いたいのに違いない。ただそれを口にすることはできなかった。

「牧野家にとっては、ありがたい国替えだったはずでございましょう」

「いかにも。江戸に近ければ、参勤交代の費えも少なくて済むからな」

「江戸への行き来は一度だけでなく、毎回のこととなりまする」

正紀の言葉に、井尻が続けた。そして体を震わせた。

「当家も、海を渡った彼方になるのでございましょうか」

と漏らした。

「まだ分からぬ」

狼狽《うろた》えるな、という気持ちで正紀はそれ以上の言葉を制した。

「家中の引っ越しの費えも、とんでもない額でございました」

「そうであろうな」

予想もつかない額になっただろう。

国替えの通達は、替わる御家がすべて同じ日に行われる。そうなると、自藩だけの問題ではなくなる。

藩内にどのような動揺があろうとも、国替えの実務は申し渡しのあったその日から始めなくてはならなかった。

「転封を命じられた各家の領地は、その時点で将軍家に返された形となりまする」

公儀が一時取り上げた形だ。そして改めて各家に交換する領地を与えるという形式となる。

正紀にしてみれば面倒なことはせず、さっさと入れ替わればよいではないかと考えるが、公儀は形式を重んじる。領地は公儀が与えるもので、大名が本来持っているものではない。そのためには儀式が必要という考えだ。

江戸期の大名は、戦国大名とは違う。

「公儀に出さねばならぬ書類が、少なからずござった。それも手間のかかるものばかりでござったな」

「なるほど、どのような」

井尻が、怯えた顔で尋ねた。

「まずは領内各村の米の取れ高を示す郷村高帳《ごうそんたかちょう》や、備え付けの武具や兵糧米の量を知らせるもの。さらに家臣に与えていた屋敷についても伝える書類などがございました」

それも期限が区切られてのことだった。新たに入る御家との打ち合わせも、頻繁に行われる。

「その間に、家中の移動に関わる費えを工面いたさねばなりませぬ」

見も知らぬ異郷へ移る。家中の者たちは動揺していて、それをなだめなくてはならない。

「それだけではござらぬ」

「まだあるのか」

「藩札の交換や、借財の返済がございます。金子を出していた土地の商人や百姓などは、雪崩《なだれ》を打ったように返済を求めてまいりまする」

「そうであろうな」

正紀は呻いた。その場面が、目に見えるようだった。井尻は言葉も出せず、顔を青ざめさせている。

「さらにでございまする」

「まだあるのか」

「行った先での苦労がございまする」

「ううむ。そうであったな」

「行った先が肥沃な土地であったり、他に利を得られる土地であったりすればよろしいが、そうとは限りませぬ」

このことは、すでに井尻らとも話をした。

「さらに領民は、初めて目にする気心の知れぬ者たちでござる。土地の言葉もあり、うまく伝わらぬこともあるのでは」

治めるのは難しいという話だ。

「その折に新たにした借財は、その後二十年以上もの間、藩財政に響き申した」

「二十年か」

聞いていると、ため息が出るばかりだ。これに藩が出している藩札や、借入金の処理がある。

内藤家の老臣との話が済むと、どっと疲れが出た。

「これは家斉様からの申し渡しがある前に、なんとしても取り下げさせるしかないな」

正紀の言葉に、井尻は何度も頷きを返した。

三

同じ日の夕刻、正紀は市《いち》ヶ谷《や》の尾張藩上屋敷へ宗睦を訪ねた。これには睦群も同席した。

半刻待たされてからの面談となったが、宗睦の機嫌は悪かった。

「たった二升の酒が招いた、難事である。些事《さじ》を粗末にするからだ」

まずはこれを告げられた。叱責に近かった。

「ははっ」

受け入れざるをえない。下げた頭は、すぐには上げられなかった。

そして宗睦は本題に入った。

「高岡藩井上家と七日市《なぬかいち》藩前田家を交えて、国替えをしようという定信ら老中どもの気持ちは固いぞ」

「もう変わることは」

「よほどのことがなければ、ない」

決めつける言い方だ。宗睦に告げられると、妙な実感があった。

宗睦は、尾張一門と友好的な前田一門の御家の危機を、黙って見ているほどお人好《ひとよ》しではない。定信と敵対して、容易《たやす》くは引かない策士だ。ただこの件では、こちらに落ち度があった。

七日市藩の前田利以《としもち》も、木挽《こびき》町の芝居小屋で騒ぎに巻き込まれた。奢侈《しやし》禁止令のある中で贅沢《ぜいたく》とされた芝居見物を行い、直後に騒動に巻き込まれた。

定信や本多に忖度《そんたく》した旗本と泉藩の側用人《そばようにん》が、企みをしたのである。多数の無宿者を雇って襲うふりをさせた。利以の家臣は無礼討ちにしたが、騒ぎを未然に防ぐことができなかった。

「定信は腹を据えている。老中たちへの根回しも、ほぼ終えたようだ」

「では次は」

「家斉様だ」

「動きが、早いですね」

「あの方が頷けば、それで決まりだ」

「ううっ」

そこまで話が進んでいるのかと、胸が押される思いだった。

「では当家も、海の向こうへ」

内藤家が延岡藩へ転封された詳細を、耳にしたばかりだ。腋《わき》の下に、冷たい汗が流れたのが分かった。

「考えてもみよ」

憎々し気な顔になって宗睦は告げた。

「はあ」

「高岡藩井上家や七日市藩前田家を、遠方にやってしまえば胸がすく」

「確かに、そうでございましょう」

正紀は、一門の先鋒としての役割を果たしていると告げる者もいた。尾張一門から牙を抜いてしまおうという腹だろう。

「しかも向こうは、軌道に乗りつつある高岡河岸を奪い取れるからな」

宗睦は高岡河岸の効果を認めているが、敵である定信も無視してはいないということとになる。

「さらに遠方からの参勤交代は、高岡からの移動とは比べ物にならないくらいの費用がかかるぞ」

「ははっ」

「加えて尾張一門としての動きも、これまでのようにはできなくなる」

「まさしく」

「此度《こたび》は、定信にとってまたとない好機だ。逃すわけがあるまい」

「では定信様は、当家と七日市藩とどこの藩の国替えを考えているのでしょうか」

高岡藩と七日市藩の交換でないならば、もう一つはどこか。三方領地替えと見ているが、ならばもう一家増えることになる。すでに分かっているならば、聞いておきたかった。

「内々には決まっているであろう。見当がつかぬわけではないが、まだはっきりはしておらぬ」

定信は慎重にやっているようだと付け足した。

「海を渡った九州や四国の大名ならば、上州《じょうしゅう》や下総は格段に江戸が近くなります」

「うむ。そのあたりの定信に近い大名となるであろう。その者にとっては、またとない褒美《ほうび》となる」

分かり次第知らせようと言ってくれた。宗睦はここでため息を吐いたが、すぐに表情を引き締めて口を開いた。

「国替えを、やめざるをえぬような何かを起こせぬか」

これが宗睦が今日話したかったことの一つだと分かる。

「それは」

前にも考えたが、何も思い浮かばなかった。

「相手の弱みを握るのでもよいし、井上家が高岡から離れることができぬわけができるのでもよい」

「しかし」

雲を摑むような話だった。

「それができたら、わしが国替え話を潰しにかかろう」

力を貸すと言っている。そのための材料を作れという話だった。伝えるべき用件を口にすると、宗睦は去った。

「殿はその方を、遠方にやりたくないとお考えだ」

睦群が言った。

「ありがたいことで」

「西国ではなく関八州の内であっても、移るとなれば相応の金子がかかる。藩は疲弊するであろう」

「まさしく」

「それが向こうの狙いだが、そうはさせぬというお気持ちだ」

一門の戦力として、近くに置きたいという腹なのは分かる。それでも尾張の力を借りられるのは、ありがたい。ただ求められた二つの条件のいずれかを満たすのは、極めて難しかった。

「やるしかあるまい」

睦群の言葉は強引だが、その通りだと感じた。

四

高岡河岸の納屋に置いてあった薄口醬油が、霞ヶ浦の各河岸場へ向かう荷船に載せられた。百石積みの荷船だ。残りは明日、銚子に向かう船に載せる。

それを見送った橋本は、小浮村の昌助の家へ行った。名主の彦左衛門や中彦の姿があった。昌助の遺体が、運ばれてきたのである。

昌助は一夜生死の境をさまよったが、再び目を覚ますことがないままこの世を去った。今夜は通夜で、明日が葬儀となる。

「ああ、こんなことになって」

女房おタヨの泣き腫らした目は赤い。倅昌太は、膝《ひざ》の上に置いた握り拳を震わせながら、遺体の前に座っていた。

橋本は線香をあげた。白い煙が、室内を上ってゆく。話を聞いた村人たちが野良着のままやって来て、線香をあげて引き上げた。

納屋を探る不審者とのやり取りで殺されたのは間違いない。ただその場を見た者はいなかった。

明日の葬儀には郷方《ごうかた》と河岸場方の藩士が、弔問《ちょうもん》にやって来る。国家老の河島一郎太から、枕花《まくらばな》が届けられた。

「仇《かたき》を討ってくださいまし」

中彦は言った。唇を嚙んでいる。傍にいる彦左衛門も頷いた。

「むろんそのつもりだ」

橋本は答えたが、捜す具体的な手掛かりは近くに落ちていた蛇の目紋の古手拭いだけだった。

三十代半ばの江戸から来た者だろうという予想と微かな西国訛りがあったとの証言はあるが、極めて曖昧《あいまい》なものだ。西国とはいっても広い。聞き慣れない訛りということだろう。

はっきりしているのは長身痩軀の体つきと、橋本を含めて何人か顔を見た者がいることだが、もう高岡へ顔を見せることはないと思われた。

「蛇の目紋のお侍というのは、多いのでしょうか」

中彦が問いかけてきた。中彦はもともと負けん気の強い男だった。かつては利根川の護岸工事をしてほしいとの訴えをするために、江戸の高岡藩上屋敷まで単身で出向いたことがあった。

相手にされなかったが、そこで婿に入る前の正紀と出会った。力を合わせ、ついには杭を打ち土嚢《どのう》を積む工事を行わせるに至った。その頃橋本はまだ部屋住《へやず》みだったが、雨の中で共に杭打ちをした。

その中には、昌助の姿もあった。忘れてはいない。高岡の田圃を守り合った仲間である。

「蛇の目紋の大名家や旗本家はそれなりにある。そこの家臣のものかもしれぬ」

ただ少なくない数の者がいる。橋本は昨夜、陣屋に置かれている武鑑《ぶかん》で確かめた。陪臣ならば武鑑に名はない。当てはまる者は、さらに増えるだろう。

「ぜひ捜していただきたいです」

「うむ」

そのつもりだが、ずいぶん使い古された手拭いだった。

「どこかから貰って使っていたのならば、その者の家紋ではない場合がある」

「それはそうですが」

怒りが抑えきれぬのだろう。話をしていると、線香をあげに来た他の百姓も話に加わった。

「捕らえてくだせえ」

と頭を下げた。苦楽を共にしてきた村の者の仇を取りたい気持ちは、申彦だけではない。

橋本が陣屋へ戻ると、江戸から使番《つかいばん》の高坂市之助《こうさかいちのすけ》が姿を見せていた。

「おや」

いつもは決まった日に文書を運んでくるが、それとは違う。常よりも強張《こわば》った表情で、何かあったと察せられた。

正紀からの書状を、河島に届けたのである。

「何事であろう」

「大殿の具合がお悪いのか」

正国が病に臥《ふ》していることは皆知っているから、まずはそれを考えた。

「何であれ重大な知らせがあったのであろう」

藩士たちは、自然に広間に集まった。半刻ほどして、河島が姿を現した。厳しい表情だ。

「これは、村の者には決して口外してはならぬ」

まずは口止めをした。一同は息を呑んだ。

「決まったことではないが、当家に国替えの話がある」

一同はわずかの間何を言い出すのかと河島の顔を見つめたが、すぐに多くの者が声を上げた。

「何と」

「まさか」

驚きの言葉を口にした。にわかには信じがたい様子だった。橋本にしても、いきなりのことだから実感が湧かない。

「生まれ育った高岡から離れるのか」

「ど、どこへ」

と問うた者もいた。狼狽えた様子だ。屋敷には、年寄りや病人、幼子を抱えている者もいる。江戸へ勤番に出た者以外は、生涯を高岡で過ごす。

「引っ越しの費えはどうなるのであろう」

「うちには、そのようなものはないぞ」

そこまで口にした者もいた。そもそも引っ越しなどしたことがない。

「まだ決まったわけではない。そういう話があるというだけだ」

河島は返した。動揺を鎮《しず》めるように、穏やかな口調にしていた。

「なぜそのような話が出たのでござろう」

と言う者がいて、一同は首を傾《かし》げた。

「山小川村の酒か」

と口にした者がいた。

「まさか、二升の酒でか」

驚きの声になっている。定信による『造酒額厳守』の触については、伝えられている。

「事情も分からぬ。今日は第一報である。次の報があれば伝えよう。それまでは、外へ漏らすでない」

河島は念を押した。

五

国替えの可能性については、半蔵門《はんぞうもん》外御堀端にある七日市藩上屋敷にも伝えられていた。

側用人の矢田部《やたべ》兵衛《ひようえ》は藩主利以と共に、利以の実家である大聖寺《だいしようじ》藩前田家七万石の側用人佐分孫三《さぶりまごぞう》の訪問を受けた。

利以は、加賀大聖寺藩の第五代藩主前田利道《としみち》の六男として大聖寺で生まれた。七日市藩の第八代藩主前田利見《としあきら》の養子となり、天明六年（一七八六）に利見が死去して家督を継いだ。

芝居好きは、実家にいたときからだ。本家や実家には、芝居好きの親族がいてその影響を受けたと矢田部は聞いていた。

本家はもちろん、実家もそれなりの禄高だったので、物入りの折には援助を得ることができた。七日市藩にしてみれば、利以の奢侈を止めきれない一因がそこにあった。

佐分は厳しい表情だ。

「いよいよきたぞ」

矢田部は腹を据えた。木挽町の河原崎《かわらさき》座の騒動については、直後に本家と実家から重臣が来て叱責を受けた。

どちらも立腹していたが、それだけでは済まない。公儀もこの件については、処分を考えていると伝えられていた。

利以も緊張している。芝居小屋前での騒動については、自分の贅沢が関わっていると分かるからだ。

幕閣から、どのような沙汰《さた》が下るのかとの怖れがあった。

矢田部はあの騒動が、七日市藩、ひいては前田一門を陥《おとしい》れるための策略だと感じて調べを行っていた。

騒動を起こしたのは田原《たはら》屋という深川《ふかがわ》の地廻り酒問屋で、その背後には白河《しらかわ》藩縁故の旗本沓澤《くつざわ》伊左衛門《いざえもん》と陸奥国泉藩本多家の側用人桑原主計《くわはらかずえ》の家臣が関わっていると、そこまでは分かった。

それには、正紀ら高岡藩の力添えもあった。

「松平定信や本多忠籌といった老中に繋がる企みに違いない」

と考えたが、家臣たちの勝手な犯行として処分をされた。家臣は切腹、田原屋は遠《えん》島《とう》という処分だった。

「そんなことで済ませてなるものか」

矢田部はあきらめず、沓澤と桑原を探ろうとした。しかしそれができない雲行きとなった。沓澤は新御番頭《しんごばんがしら》の役を解かれ、千石の減封の上で隠居となり相模《さがみ》の知行地で永蟄居《ながちっきょ》という身になるそうな。そして桑原も側用人の役を解かれ、家禄半減とされて国許の泉へ戻される運びとか。

処罰としては当然と思われたが、両者が江戸からいなくなってしまえば、調べの道は閉ざされることになる。

「隠したな」

松平定信や本多忠籌の指図《さしず》だと受け取った。

奢侈に溺れた藩主が芝居見物をし、騒動に巻き込まれた。藩ではその騒動を未然に防ぐことができなかったという事実だけが残る結果となる。

定信や本多などの主だった幕閣に対して、尾張と前田の対立は明らかだったから、このままでは済まないと感じていた。尾張と繋がった前田本家には、幕閣の動きがいち早く伝わる。

本家の指示を受けた利以の実家である大聖寺藩の意向を受けて、佐分がやって来たと矢田部は感じていた。

屋敷中奥の一室で、矢田部は利以と共に佐分と向かい合った。同じ側用人でも、佐分の方が矢田部よりも格上だ。

藩主の利以も、今回は強くは出られない。

「定信様や本多様は、腹を決めたようでござる」

佐分は苦々しい表情のままで口を開いた。騒動の件と改めて口にはしないが、このことについては本家と実家は不快感を隠さない。

「ど、どのような」

利以が、掠れた声を出した。

「国替えを考えているらしい」

「それは」

矢田部は息を呑んだ。もしやと考えたことはあったが、そこまではという気持ちがあった。

警護の藩士が騒いだ無宿者を一人斬ったが、それ自体は咎《とが》められるものではない。

仕組んだ沓澤や桑原は処罰されている。

「終わった話ではないか」

と言いたいところだが、それは口にできない。定信や本多が終わったと考えなければ、事は続く。

「決まったのでございましょうか」

「まだだが、閣僚の間では話はほぼまとまったようだ」

家斉公が頷けば、それで決まるという段階だとか。

「止めることはできぬので」

「定信様の意志は固いとか」

「…………」

利以が、唾を呑み込んだのが分かった。

「尾張の宗睦様が上様に、慎重に考えるようにと進言をされているとか」

通達の先延ばしを図っているという話だ。

「それはありがたいが」

「さよう。しかしこちらに、落ち度がないわけではない」

これを言われると、返す言葉がなかった。冷や汗がじわりと出てくる。

「国替えは、いったいどちらへ」

避けられないのならば、聞いておかなくてはならない。

「それはまだ不明だが、遠方になる模様だ」

「遠方とは」

どきりとした。そうなると藩財政はどうなるかと、矢田部の頭に浮かんだのはそれだった。家中の引っ越しや参勤交代の費えだ。

利以の奢侈もあって、藩の台所は火の車だった。本家や実家の援助があって、どうにか回してきたのである。

「海の向こうかもしれませぬ」

「四国や九州か」

利以はまだ実感が薄いようだ。とはいえ、上野《こうずけ》から加賀へ行くよりも遠い土地となるのは間違いない。それは分かっているだろう。

矢田部は、定信の恨みの深さを感じた。それは七日市藩ではなく、対立する一派に与《くみ》した前田一門への恨みだと察した。

「ただ分かっていることがござる」

「何がでござろうか」

「それは二家の領地替えではなく、三方領地替えとなるとのことで」

「なるほど」

三方領地替えは珍しくない。次の言葉を待った。

「当家の他にもう一つは、高岡藩井上家でござる」

「一万石同士ですな」

それは尾張一門への意趣返しに他ならない。二升の酒の件は、正紀から聞いていた。もう一つが、遠方の大名家だという推測だ。

「高岡なれば、河岸場もあって藩財政も回復していると聞くが」

利以の言葉には、それならばいいという響きがあった。

「懲罰のための国替えでござる」

佐分は冷ややかに返した。七日市藩前田家が、高岡へ行くわけがないと告げていた。

矢田部も同感だった。

「正式に伝えられる前に、撤回をさせることはできぬのでしょうか」

「分からぬが、下知《げじ》がされる前の今なれば、何かできるやもしれませぬ」

「ううむ」

利以が唸《うな》った。

「座して待つよりも何かできることがあるならば、してみるのがよいでしょう」

その通りだが、佐分の口調には、どこか他人事《ひとごと》という響きも感じた。

「どのような手立てがあるのか」

矢田部は胸の内で呟くが、その見当はつかなかった。

六

翌日、井尻は朝しなくてはならない用事を済ませると、深川油堀《あぶらぼり》北河岸堀川《ほりかわ》町の米問屋安房《あわ》屋へ足を向けた。高岡藩の年貢米と藩士の禄米を扱う、間口六間半（約十一・七メートル）の大店《おおだな》だ。

北関東の他の大名家の米も扱っていた。三人の小僧が、荷車に配達のためらしい米俵を積んでいた。動きはてきぱきしている。

「これはこれは、井尻様」

大番頭の巳之助《みのすけ》が、慇懃《いんぎん》な態度で迎えた。主人の叔父で、店の実力者といっていい。

高岡藩では何代も前から安房屋を御用達《ごようたし》にしていて、千両近くを低利で御用金として借りていた。今でも元金を返せず、毎年利息を払っている。

さらに井上家の冠婚葬祭や凶作などの折には、祝いや見舞いの金子を出させていた。正紀が婿入りをする折に、二千本の杭を調達するための金子をこの店に寄進として出すように求めた。そのときは、二割の利息をつけるならば貸してもいいと告げられた。

あの頃の高岡藩の財政は、今とは比べ物にならないくらい悪かった。二割の利息さえ出せなかった。体《てい》よく断られた形である。

「ただ今は状況が違う」

と井尻は考えていた。藩の財政状況は、二千本の杭を求めた頃と比べればはるかに好転している。巳之助も、それは分かっているだろう。安房屋へは利息の他に、元金を減らすための返済を始めていた。

正紀らは国替えを避けるために尽力をする覚悟でいるが、よほどのことがなければ国替えは実施される。それを見越して、井尻としてはできる手を打っておきたかった。

物事は、何でも最悪を考えて動く。それに合わせて、できる限りの手当てをしておくのが、井尻のやり方だ。そうでなければ、落ち着かない。

高岡藩の財政は持ち直してきていて、ほっと胸を撫で下ろした矢先のことだった。

「物事は、思い通りにはいかない」

胸の内で、愚痴《ぐち》が出た。

国替えにはとてつもない費えがかかる。借金なしでは実施できない。

「今ならば、好条件で御用金を出させることができるであろう」

との見込みがあった。けれども国替えが公《おおやけ》になれば、貸し渋りが起きるのは明白だ。商人は必ず足元を見てくる。高利にされるのは目に見えているから、借りるならば今のうちだとの判断だった。

「当家とは、長い付き合いだな」

あえてゆったりとした口調で言う。

「まことに。ありがたいことで」

巳之助は笑顔で応じたが、目は何が目当てかと来意を探っていた。

「これからも、長く当家の御用をいたしてもらおう」

「ははっ。謹《つつし》んで」

「そこでだが。安房屋より当家へ、御用金を申し受けたい」

「ほう」

やはり、といった顔だ。

「いかほど」

慎重な口ぶりだが、聞く気がないというものではなかった。

「千両だ」

思い切って言ってみた。どこへの転封となるかは分からないが、満額借りられたら大きい。藩札や他の借金の問題はあるが、引っ越しの費用にはなりそうだ。

「それは」

魂消《たまげ》たらしい。目を瞠《みは》っている。一度でこれだけの金高を求めるのは、初めてのことだ。

巳之助が何かを言おうとしたが、その前に井尻は続けた。

「利息は年利一割だ」

いくら借りられても二割取られたら、のちの藩財政に響く。返すつもりがあるからこその、利率だ。

「千両とは、ずいぶん高額でございますね」

聞いた巳之助がどう思ったかは分からないが、話にならないという対応ではなかった。

「いったい、どのようなご用にお使いになるので」

驚いても、話は聞こうというつもりらしい。

「高岡河岸の拡充を図る」

胸を張って告げたが、もちろんこれは嘘《うそ》だ。正直に言えば借りられないかもしれないし、借りられたとしても利率は上げられる。下手をすれば、これまでの借金の一括返済を求められるかもしれない。

「なるほど。河岸場は賑わっていると聞いております」

安房屋も高岡河岸を使っているから、活況なのは分かっているのだろう。井尻は頷いた。

「ただそれで、千両というのはいかがでございましょう」

それほどはかかるまいと告げている。当然の疑問かと思われた。

「他にもあるぞ。ただ今は、それを口にすることはできぬ」

金子が調った折には話すと付け足した。

「分かりました。ただ千両は、いかにも高額でございます」

「まあ、そうだな」

「少しばかり、考えさせてくださいまし。高額ですから、すぐには用意もできませぬゆえ」

「分かった。ただ急いでもらわねばならぬ」

遅れれば、国替えの件が明らかになってしまう。そうなる前に手を打ちたかった。

とはいえ切羽《せっぱ》詰まっているようには見せられないので、ここは鷹揚《おうよう》に構えた。

これは正紀には話していない。卑怯だと叱咤《しった》されるかもしれないが、井尻にしてみれば、高岡藩井上家を守るための欠かせない手立てだと考えていた。

安房屋から千両を引き出せたとしても、それで問題が解決するわけではない。巳之助の返答は悪くなかったが、安堵《あんど》したわけではなかった。借金は他からもあり、領民に渡している藩札千四百両分の交換がある。

深川からの帰路、それを考えた。

「藩札は、二割払いとするか」

井尻は呟いた。八割を領民に泣かせる話だ。両替をしないで国を出てしまう藩もあると聞く。それよりはましではないか。

藩札の扱いは、藩それぞれだ。

「ただそれでは、領民どもは収まるまい」

呟きが続いた。考えれば考えるほど、新たな問題が起こってくる。気持ちが重くなる。井尻は深いため息を吐いた。

七

正国の病状は、快復する見込みもないまま日が過ぎていた。不寝番《ふしんばん》をしている藩医に、正紀は様子を訊く。

「呼吸をするだけでも、お苦しい様子で」

食欲もなくなった。重湯《おもゆ》を少量啜《すす》るのがやっとだとのこと。

案じる和《かず》も、体調がよくない。孝《こう》姫は元気だが、京《きよう》は出産を控えて腹の張りや吐き気があるらしい。

「大丈夫か」

「孝姫のときもそうでした」

京は笑顔で答える。大丈夫でなくとも、大丈夫と答える。京はそういう女だ。

正紀にとっては、案ずることが多かった。

「ととさま」

孝姫が、手を差し伸べて抱き上げることをせがむ。

「おお、よしよし」

涎《よだれ》だらけの顔を押しつけてくる。その可愛らしさが正紀の救いだった。両手で抱き上げて、大好きな「高い高い」をしてやる。

そして朝のうち、正紀は睦群から呼び出しを受けた。源之助と植村を供にして、今尾藩上屋敷へ急いだ。

睦群の御座所で向かい合った。

「国替えの件だが」

前置きなしに、睦群は言った。

「はっ」

何を聞いても、驚かないつもりだった。聞いた上で、できることをするまでである。ただ宗睦からの「手立てを考えよ」という言葉を頭の中で幾たびも反芻《はんすう》したが、妙案は浮かんでいなかった。

「国替えは、やはり三方の領地替えとなるようだ」

「はい」

気持ちが引き締まった。決まったとは言っていないが、公儀の強い意志であることは分かる。

「して七日市藩の他のもう一つは、どこでございましょう」

これが分かったから、呼ばれたのだ。

「伊予新谷《いよにいや》藩一万石加藤《かとう》家だ」

「ああ」

意外ではなかった。新谷藩かどうかは別として、四国か中国あたりだろうという気持ちはあった。

「遠くでございますな」

伊予ならば海の向こうだ。その遠さに実感が湧かなかった。地図で見るだけの土地だ。

藩主の加藤泰賢《やすまさ》が、定信や本多と共に江戸城内の廊下を歩いているのを見かけた。親し気だった。本家の伊予大洲《おおず》藩六万石加藤家と定信の娘との間に縁談が持ち上がっていた。四国の雄藩《ゆうはん》である。

外様とはいえ、定信としては大洲一門を味方に引き入れたいと考えていたとしてもおかしくなかった。

「同じ一万石だ。定信や加藤家にしてみれば、都合のいい相手ではないか」

「いかにも」

「井上家なり前田家なりを伊予へ行かせてしまえば、向こうは胸のつかえが下りるであろう」

「しかし伊予の加藤家とは」

正紀には思いがけなかった。

「本家の加藤家が定信の娘を幼君泰済《やすずみ》の正室に迎える話がまとまったあたりから、分家の新谷藩が国替えを望んでいたらしい」

「一万石で、伊予からの参勤交代は厳しいでしょうからな」

「高岡からでも、その費えのために苦労をしたであろう」

「それは確かに」

参勤交代のための費えは、大名を苦しませている。

遠方だと、高岡藩のように毎年ではなくなる。しかしそれでも、費えに腐心《ふしん》するのは明らかだ。

「新谷藩加藤家とは、どのような御家で」

「藩財政は、楽ではないようだが」

さしもの睦群も、それ以上詳しいことは知らないらしい。外様大名の分家である新谷藩は、その程度の存在だった。

「して新谷へ参るのは、当家でしょうか、前田家でしょうか」

どちらにしても、国替えが決まれば受け入れなくてはならない話だ。

「まだ決まってはおらぬようだ」

「あちらの方々は、当家の方を移したいと考えているのではないでしょうか」

それは登城した折の、定信や本多の対応からも察せられる。

「宗睦様は、その方らを伊予へはやらぬよう動いておいでだ」

尾張一門としては、避けたい話だ。とはいえ決めるのは将軍で、上申するのは定信だ。そして定信には、国替えを命ずる言い分がある。

「すぐに下知はなかろうが、あやつは押し切る腹だろう」

宗睦も睦群も、定信のしぶとさを、折々の政権運営の中で目にしてきていた。甘く見てはいない。睦群との対面は四半刻（三十分）ほどで終わった。

今尾藩上屋敷を出たところで、正紀は睦群から聞いた話を源之助や植村に伝えた。

二人は話が済むのを、じりじりしながら待っていたことだろう。

「初めて耳にいたします」

新谷藩について源之助が言うと、植村も頷いた。西国の小大名のことなど、思いを致すことなど皆無だろう。

「調べてみたいと存じます」

「よし、行ってまいれ」

新谷藩の上屋敷が浅草寺《せんそう》北西にあることは今尾藩邸で調べていた。

源之助は、植村と共に浅草《あさくさ》に向かった。行ってみると江戸の北の外れで、田圃と寺に挟まれた屋敷だった。

田圃の向こうに、遊廓吉原《ゆうかくよしわら》の建物群が見える。

屋敷の内情は、外側から見ただけでは分からない。高岡藩上屋敷と同じような規模だが、手入れはこちらの方が劣るように見えた。

様子を見ていると商家の番頭ふうが出てきたので、それをつけた。どこかに寄ることもなく蔵前《くらまえ》通りに出て、間口四間半（約八・一メートル）の蠟燭《ろうそく》屋へ入った。

「お帰りなさいませ」

小僧たちの声が聞こえて、ここの店の番頭だと分かった。大店とはいえないが、老舗《しにせ》としての風格はあった。

そこの手代が、通りに出てきたので源之助は問いかけた。

「この店は、新谷藩の御用達だな」

「さようで」

「では、ずいぶんと品を納めているのであろう」

「いや、それほどではありません」

蠟燭は、照明具としては高級品だ。この日は、久しぶりに呼ばれたのだとか。

「御用達として、他に出入りしている店を知っているか」

「はい。いくつか」

油屋と酒屋、太物《ふともの》屋と足袋《たび》屋だった。その屋号と場所を聞いた。

四軒を廻って、奉公人から新谷藩について分かっていることを聞いた。

「耳にした限りでは、当家に劣らず、つましくやっておりますね」

植村が言った。品の代を、半年先に延ばされた店があった。

「苦しいのは、どこも同じでしょう」

一万石の御家に、ゆとりなどあるわけがない。

「どこの店が、年貢を扱っているのか」

「さあ」

それが分かれば、新谷藩の財政状況を訊くことができる。しかし年貢を扱う米問屋がどこかは、聞くことができなかった。誰も知らない。

「新谷藩加藤家にしてみたら、上野の七日市であろうと下総の高岡であろうと、どちらでも好都合でしょうな」

「よほど願い出を繰り返したのかもしれませぬ」

植村と源之助は話した。定信にとっては姫の婚姻もあって、新谷の地は井上家と前田家のどちらかを追いやる恰好の転封先に見えたのに違いなかった。

第二章　定信の非情

一

　正紀は屋敷に戻ると、佐名木と青山、廻漕河岸場方の杉尾、それに外出から戻ってきた井尻に、睦群から聞いた三方領地替えの話を伝えた。話の内容は予想がついていたので、一同は落ち着かない思いで正紀が戻るのを待っていた様子だ。

「ええっ。伊予新谷藩でございますか」

　真っ先に悲鳴に近い声を上げたのは、井尻だった。耳にしただけで顔が歪んで、涙目になっている。

　遠方かもしれないとは予想していたが、伊予という具体的な地名を聞くと、胸に響くものがあるらしかった。

もちろん井尻だけではない。

「当家が仕入れている詫間塩《たくましお》の讃岐丸亀藩《さぬきまるがめ》よりも、さらに西の土地でございます」

青山もそれは分かるから、表情は硬かった。丸亀でさえ、地図で見るだけの土地だ。

新谷藩の名は、初めて聞いたと付け足した。

「もし新谷への転封になった場合は、年貢米は江戸へは運べませぬな」

佐名木が気にしたのはそこだった。

「いかにも。江戸へ運んでは、輸送の費えが大きくなるばかりだ」

正紀が返した。

「となると、大坂《おおさか》に蔵屋敷を持たねばなりませぬ」

井尻の唇が、わなわなと震えた。

「そ、そのための、新たな費えがかかりますな」

と続けた。そしてはっとした表情になった。ぶるっと背筋を震わせた。何か他にも、あるらしい。

「となると、これまで年貢米の御用をさせていた安房屋は、使わないことになりますな」

怯えている。

「そうなるであろう」

と佐名木は当然のように言った。

「ううむ」

井尻は冷や汗をかいている。

「申してみよ」

正紀が促《うなが》した。井尻はごくたまに、思いがけないことをする。

「されば」

わずかばかり言いにくそうにしたが、腹を決めたように口を開いた。今日、安房屋へ出向き、大番頭巳之助と話した内容を伝えてよこした。

「新谷への国替えとなった場合には、年貢米の扱いがなくなる。安房屋から御用金を得ることができなくなるわけだな」

佐名木が言った。付き合いのない相手には、金を出さないだろうという話だ。

「さらにこれまで当家が借り入れていた金子の返済を、求めてくるのではないでしょうか」

青山は大きなため息を吐いた。

「そ、そうなりますな」

「巳之助は、儲かる見込みのない金は出しませぬ」

杉尾が井尻に続けた。杉尾は元蔵奉行下役で、年貢扱いの安房屋とは毎年やり取りをしていた。藩としては、少しでも高く売りたいところだが、商人は安く仕入れたい。巳之助は交渉相手として、したたかだと言っていた。

「新谷へ行くのが、当家でないことを祈るばかりでござる……」

井尻はその後の言葉を呑み込んだが、期待はできないと感じているらしかった。家中の引っ越しには莫大な費用がかかる。先手を打ったつもりだろうが、事態は予想をはるかに超えたものになろうとしていた。

夕刻になって、新谷藩について聞き込みに出ていた源之助と植村が戻ってきた。

「あの藩も、苦しい様子です」

「江戸に近い高岡へ移ることができるならば、向こうにとっては都合のいい国替えでしょう」

源之助と植村が言った。

「おまけに高岡河岸まで、ついてくるのでござるからな」

井尻の声には、恨みと憎しみがこもっていた。不貞腐《ふてくさ》れているようにも聞こえる。

度重なる苦難を乗り越えて、高岡河岸の活性化に力を尽くしてきた。それが公儀からの通達一つで、新谷藩加藤家に持っていかれてしまう。一同は、何よりもそれが無念で悔しいのだ。

蠟燭屋を始めとして、藩御用達の商家を廻って聞き込んだ話を聞いた。

その夜、宗睦から急ぎの文が届いた。

「また嫌な知らせか」

ため息を吐きながら、正紀は封を切った。

明日八月十一日、大奥御年寄《おとしより》の滝川《たきがわ》が将軍御台所《みだいどころ》寔子《ただこ》の名代として、将軍家ゆかりの無量山伝通院寿経寺《むりようざんでんづういんじゆきようじ》へ墓参りに来るという。通常ならばその折滝川は食事をして、芝居見物をする。

しかし今回は芝居はなしで、正紀と食事をして話をしたいという滝川の要望だった。

滝川は反定信派で宗睦と近い。その関係で、正紀とも親しくなった。

高岡藩では、滝川が所有する芝《しば》の拝領町屋敷の管理をして対価を得ている。これは藩財政の助けになっていた。また正紀は、滝川が余命幾ばくもない叔母に会うために、江戸を出る手助けをした。

今では昵懇《じつこん》といっていい間柄だ。

話は、国替えの件だと予想がついた。宗睦が、滝川に正紀が置かれている状況を話したに違いない。

「案じてくれたのならばありがたい」

正紀は呟いた。

翌日正紀は伝通院に赴き、裏門に近い庫裏《くり》の一室で滝川の参拝が済むのを待った。読経の声が、境内《けいだい》に木霊《こだま》している。

境内がしんとなってしばらくしてから、衣擦《きぬず》れの音がして正紀が控える部屋の襖《ふすま》が開かれた。

「正紀どの、久しぶりじゃな」

「ご機嫌麗《うるわ》しく」

「余計な挨拶《あいさつ》はよい」

顔には久しぶりに会ったことへの笑みがあったが、形式ばった挨拶は好まない。それに今回は、楽しい会話をするわけではなかった。

「では、すぐに」

促した。お忍び駕籠《かご》に滝川を乗せて池之端《いけのはた》の料理屋へ連れて行った。部屋からは、水面《みなも》の先に弁財天《べんざいてん》の建物と上野《うえの》のお山が見える。以前にも、この料理屋を使ったことがあった。

静かで、滝川がお気に入りの料理屋だ。

「正国どののお加減はいかがか」

向かい合ってまず口にしたのはこれだった。案じ顔だ。正国が奏者番《そうじゃばん》だったときに、何度か会っているはずだった。

よくない。

今朝も小さな発作があった。息をするのも辛そうだ。医者は今朝、正紀に告げた。

「最後のご奉公でございます」

その言葉を頭に置いて、正紀は口を開いた。

「一日でも長く、という気持ちでございます」

それで容態は伝わるだろうと考えた。

「そうか」

滝川の端整な顔が曇った。しかし急遽《きゅうきょ》正紀を呼び寄せた本題は、これではなかった。

「存じておろうが、定信どのは尾張どのと加賀どのが縁筋になったことに、ご不満をお持ちです」

「はい。企みを持っておいでです」

「気に入らぬことがあると、根に持つ御仁じゃからな。特に大きな働きをしたそなたには、並々ならぬ怒りがあるようじゃ」

やれやれといった表情を見せた。

「あの御仁に、そこまで嫌われるのはさすがだが」

と今度は不敵な顔になって漏らした。

「二升の酒で、付け入る隙を与えてしまいました」

認めるべきことは認める。滝川には、ごまかしは口にしない。食事をしながら、これまでの詳細を伝えた。

「定信どのの姫ごが、伊予大洲藩加藤家に嫁ぐ話はご存じか」

「聞いております」

大洲藩主加藤泰済はまだ七歳だが、六万石の藩主となっている。幼い若殿と姫の婚礼だが、珍しい話ではなかった。政局に絡む者は、めでたい話として受け入れる。

「その縁を頼りに、伊予新谷藩の加藤泰賢どのは、定信どのに国替えを願い出た模様じゃ」

「やはり」

そんなところだろうと、推量はしていた。

「江戸の近くで、米以外にも実入りのある土地がよいと話したとか」

滝川は、宗睦以上に地獄耳だ。大奥にも、様々な報が入る。家斉が自ら口にすることもあった。

「当家が向こうには、好都合だったわけですね」

「二升の酒の件は、仕組んだようだが」

そこまで知っていた。

「定信どのは、好機を逃さぬ。そのあたりは、実に鋭い」

「まさしく」

「当家が、新谷へ参るのでしょうか」

それが気がかりなところだ。覆《くつがえ》すつもりだが、家斉が下知をすればどうにもならない。

「定信どのにしてみたら、そうしたいところであろうが。宗睦どのが動いておる」

政敵に何を言っても、こちらの苦境を伝えることにしかならない。当たっているのは将軍家斉だが、宗睦でも押しつけることはできない相手だ。

とはいえ宗睦が動いていることは、ありがたかった。七日市へ移るのでさえこちらにしてみれば厳しい。まして遠方の伊予新谷となると、藩の存亡に関わる事態となる。

企みを潰したい気持ちは変わらない。

「上様のお考えは」

家斉の気持ちは、聞いておきたかった。滝川にしか訊けない話だ。

「国替えの理由は調っている。定信どのは、熱心に勧めている。上様は、かまわぬというお気持ちであろう」

「なるほど」

尾張が動いているとは、家斉公に急ぐなと告げていることだ。

「もし宗睦様の動きがなければ」

「上様は、とうにお認めになっておいでであろう」

実父治済に『大御所《おおごしょ》』の尊号を与えたかった家斉だが、定信は老中として認めなかった。その尊号の一件以来、家斉と定信の関係は良好とはいえないが、だからといって家斉は政《まつりごと》を滞《とどこお》らせるつもりはないのだと滝川は言い足した。

そういう点では、家斉は律儀だった。また一万石の小大名の処遇などには、関心がないのかもしれなかった。

「今のままでは、早晩お認めになるでしょう」

「ううむ」

「国替えは、辛かろう」

正紀に向けた言葉には、姉のような響きがあった。江戸から遠隔地へ行かされるのは、おおむね懲罰だ。それを踏まえた上でのことで、御年寄として口にしたのではないと感じた。

「ならば定信どのが引かざるをえないような、事態をお作りなされ」

宗睦と同じことを口にしていた。そうなれば、滝川も力を貸すと言っているのだと察した。

「かたじけない」

妙案はないが、考えるしかなかった。滝川のお陰で、城内の状況が分かった。さらに滝川は、薬の包みを差し出した。

「これは蟬退《ぜんたい》や八目《やつめ》鰻《うなぎ》など、眼病に効く生薬《しょうやく》を調合したものでな」

「はあ」

眼病というのは意外だ。なぜそのようなものを寄こすのかは分からないが、ともあれ受け取った。正国のための心の臓の薬ではない。

「それを持って鳥居《とりい》どのを訪ねるがよい」

鳥居とは、老中の鳥居忠意《ただおき》をさしている。

下野《しもつけ》壬生《みぶ》藩三万石の藩主で、天明六年（一七八六）に老中職に就いた。定信よりも先に老中になった人物で、吉宗《よしむね》、家重、家治《いえはる》、家斉と将軍四代に仕える七十半ばの譜代大名だ。

定信も一目置いている。親定信派とされているが、顔色を見ているわけではなかった。

「あの御仁は、眼病を患《わずら》っておられる」

滝川の名代として、見舞いに行けと告げていた。ただ行けというのではない。国替えについて、話をしてこいという意図だと察した。

「しかしあの方は、それがしをよくは思っていないのでは」

幕閣の間で、人足寄場《にんそくよせば》を廃止しようという動きが起こったことがあった。その急先鋒となったのが鳥居だった。正紀はそれら廃止派を抑えて、人足寄場を残すことに尽力した。直参の剣術大会の折には会場に来たにもかかわらず、正紀のことは一顧《いっこ》だにしなかった。

「あの御仁はな、一時敵対したからといって、それを根に持つことはない。よかれと思えば、昨日の敵であっても手を結ぶ」

「さようで」

「六人の老中の中では、誰よりもそなたの話に耳を傾けよう」

たとえその場でよい返事を得られなくても、耳に入れておくことが大事だと告げられた。滝川の観察眼は鋭い。

「ははっ」

できることは何でも、素早く行わなくてはならない。機会をくれたのだ。

二

正紀が伝通院から高岡藩上屋敷に戻ると、国許から橋本と高坂が戻っていた。どちらも外に出ることが多いので、赤銅《しやくどう》色に日焼けしている。

「国許の様子はいかがであったか」

正紀は二人に尋ねた。この場には、佐名木と青山、源之助と植村もいた。すでに国家老の河島から報告の文を得ていたが、直《じか》にその場に居合わせた藩士の口から状況を聞くのは初めてだった。

「小浮村の昌助が斬り殺されて落ち着かぬところでございましたが」

「国替えはそれに勝《まさ》る大きな出来事でございまして」

橋本と高坂が言った。素性の知れない侍に、領民が斬られて命を失った。陣屋でも重大なこととして捨て置くつもりはなかった。ただ国替えは、藩士一人一人、その一族郎党に至るまでの身近な大事件として受け取った。藩士の多くは、こちらの方に目を向けた。

明日己はどうなるのか。年寄りや子ども、病人がいればなおさらだ。

耳にした藩士たちの動揺を、橋本と高坂は伝えてきた。行き先は不明でも、移動の費えはどこであってもかかる。二割の禄米の借り上げがなくなって、ほっとした折も折だった。

それが思いがけない引っ越しにまつわる物心両面の負担の大きさに怯えている。未知の土地への不安も大きかった。

「当然であろう」

話を聞いた正紀は頷いた。

高岡藩井上家は、これまで一度も国替えに遭ったことはなかった。そして正紀は、橋本から不審な侍に小浮村の百姓昌助が高岡河岸で斬り殺された折の詳細について聞いた。

「そうか。許せぬな」

侍は通り過ぎる途中で、納屋に近寄ったのではなかった。領内を探っていたのは明らかだ。不審な侍が現れれば、藩士も百姓もそのままにはしない。それで斬り捨てたとなれば、盗賊と変わらないではないか。

昌助の顔は覚えていた。嵐の中で、共に二千本の杭を土手に打ちつけ土嚢を積んだ。そして蛇の目紋の入った、古手拭いを目にした。昌助を斬り捨てた侍の遺留品だ。高岡に置いていても調べようがないので、橋本は江戸へ持ってきたのだ。昌助を斬った侍を捜す手掛かりにもなるだろう。

「何のために現れたか、見当がつくか」

佐名木が橋本に問いかけた。浪人者ではなく、主持ちの侍だ。

「さあ」

橋本は首を捻《ひね》った。昌助を斬り捨てたが、何かを奪ったわけではなかった。

そこで正紀は、源之助に大名武鑑を持ってこさせた。蛇の目紋の大名家を当たったのである。

「ああ、新谷藩加藤家がありますね」

植村が声を上げた。怒りはあるが、驚きはなかった。腑に落ちたという表情だった。七日市藩ともう一つの国替えの相手が新谷藩加藤家であることを、正紀は橋本に伝えた。

「では、新谷藩の者でしょうか」

頷いた橋本の顔にも、憤《いきどお》りが浮かんでいた。

「そう考えてよかろう。向こうはこちらよりも先に、三方領地替えのことを耳にしていたとしてもおかしくはない」

「それで、調べに行ったのですね」

正紀の言葉に源之助が返した。

「まあそんなところであろうが、証拠はない」

「手拭いだけでは、どうにもなりませぬか」

佐名木に源之助が問いかけた。若い源之助は早く侍を捕らえたくて、気が逸《はや》っている。それだけ腹を立てているということだろう。

「だいぶ古い。それに新谷藩が配ったにしても、藩士にだけではなかろう」

正紀は手拭いの表裏を、隅々まで検めた。全体的に灰色で、茶色い染みが薄くついている。饐《す》えた汗のにおいもした。

「出入りの奉公人にも、与えたかもしれません」

「どこまで配られているか、見当もつかぬが」

青山の言葉に、佐名木が返した。

「なんであれ、新谷藩の者と考えてよろしいのでは」

植村が言うと、橋本は大きく頷いた。

「それがしは昌助の女房や倅、申彦たちに仇を取ると伝えて江戸へ出てまいりました」

「いかにも」

高坂も応じた。

「ともあれ、手拭いがどう配られたか当たってみましょう」

源之助が言った。

正紀への報告を済ませた橋本は、旅の疲れをものともせずに、植村と高坂の三人で屋敷を出た。昨日源之助と植村が廻ったという蔵前通りの新谷藩出入りの商人のもとを廻ることにしたのである。

昌助を斬ったのが新谷藩の者に違いないと踏んでいるからだ。源之助はこれから正紀の供をするので、植村が案内役だ。

「この手拭いに、見覚えはないか」

と当たったのである。

「さあ」

一軒目の蠟燭屋の番頭は、手拭いには手も触れないで、汚いものを見るような目を向けた。そして首を傾げただけだった。

初めて見たといった顔だった。

次に油屋へ行くと、初老の主人は手に取ってしげしげと眺めた。

「だいぶ前ですが、目にしたことがあります」

「新谷藩が配ったのではないか」

「そうかもしれません。うちでも頂戴したような」

「今でもあるのか」

「何年も前のことですので」

あるはずがない、といった顔だった。そして次の酒屋は誰も覚えていなかったが、太物屋の店先に居合わせた隠居は覚えていた。

手拭いを手に取って、両手で広げた。

「新谷藩から頂戴したものでございます」

「何かあってのことだな」

「あれは、二十年も前のことでしょうか」

しばし考えるふうを見せてから言った。

「そんなに前か」

「さようで。今のご当主泰賢様が家督をお継ぎになったときに、私ら御用の者に配られました」

御用達の店はそれぞれ祝いの品を送り、返礼品の一つとして何本かずつ受け取った。

「今でも、どこかにあるやもしれません」

当然、藩士にも配られている。本家の大洲藩士にも配られているはずだと隠居は付け足した。

「捜せるか」

「少々お待ちを」

隠居は奥へ入った。しばらくして黄ばんだ手拭いを持ってきた。

「これでございましょう」

やはり取ってあった。ただ古いものなので、だいぶ黄ばんでいる。とはいえ使った様子はなかった。

広げてみると、手拭いの中央には、蛇の目が描かれていた。同じ手拭いだ。

「なるほど。二十年も前に配られた手拭いでも、残っている場合があるわけだな」

「長く簞笥《たんす》の奥にあったものを、しばらくしてから使うことはあるでしょう」

藩主の家督相続の祝いの手拭いならば、もったいないと取っておいたとしてもおかしくはないと高坂は言った。

「祝いの手拭いが、どれほど配られたかは分からぬが、その行方を追うのは難しいぞ」

植村は困惑の声を漏らした。古い上に、数が多い。

「いや、捜すしかありますまい」

橋本の決意は固かった。理不尽な殺害を、村の者たちは怒っている。困難だからと、やめるわけにはいかない。

三

橋本らが廻っている頃、正紀は源之助を伴って、鳥居忠意を訪ねるために西ノ丸下の壬生藩上屋敷へ向かった。

夕七つ（午後四時）になろうかという刻限だ。

すでに滝川が、忠意に対して訪問の約束を取り付けてくれていた。大奥御年寄滝川の名代ならば、さしもの老中でも断れない。

「しかし今のご老中を訪ねるのは、無駄なような気がいたしますが」

源之助が言った。尾張一門の先鋒である正紀だ。門前払いはされないだろうが、冷たくあしらわれるのではないかと危惧していた。

「確かに鳥居様は、定信様に歩調を合わせておいでだ。しかしな、七十五歳のご高齢で、上様の後見という役割を担われている」

「言いなりにはならないわけですね」

「そういうことだ」

だからこそ滝川は、会っておけと機会を拵《こしら》えてくれたのだろう。

「一時敵対したからといって、それを根に持つことはない」

と告げた滝川の言葉は、正紀の耳の奥に残っている。

たとえ軽くあしらわれても、それならばそれで仕方がない。できることは何でもするのが、正紀のやり方だ。

鍛治橋《かじばし》御門を潜ると、人気がほとんどなくなる。大名屋敷だけが並んでいて、白壁を赤味を帯びてきた西日が照らしていた。

さらに馬場先《ばばさき》御門を潜って壬生藩上屋敷に入ると、正紀は客間らしい部屋へ通された。さして待たされることもなく、鳥居が姿を現した。

目はよくない様子で、若い小姓の肩に手を乗せていた。城中では茶坊主が傍にいて世話をしていたが、老齢だからだと思っていた。

正紀の城中での黙礼に答礼はなかったが、それは目がよく見えないからだと分かった。

「正国殿のお加減はいかがか」

ここでも初めに病のことが話題になった。

「よろしくないようで」

正直に答える。知られていることだった。

「怜悧で、奏者番の役にあったときには、迅速《じんそく》な動きができた。快癒《かいゆ》を願っておるぞ」

鳥居は言った。正国が能吏《のうり》であったことを認める発言だった。尾張を敵視しているとは感じないが、好意的でもない。

正紀は、滝川から預かってきた薬を差し出した。

「滝川殿のご配慮、ありがたい」

鳥居はそう言って受け取った。

「目の具合は、いかがで」

「加齢ゆえな」

仕方がないといった口調だった。体調のことを尋ねた。ただ長居はできない。鳥居の口から国替えのことは出ないので、正紀の方から話題にした。躊躇《ためら》いはない。向こうも正紀が来た理由は察しているだろう。

「当家に、国替えの話があるとか」

「そうだな」

否定はしないが、この話題については避けたい印象だった。

「二升の酒の不始末がありました」

「うむ」

「されど高岡には、やり残していることがございまする」

「やり残しだと」

「はい。領地の河岸場を賑わせる目論見でございまする」

「ならば、次の者に任せればよい」

あっさりと口にした。他人事といった受け取り方だ。

「いや、領民と一体になったものでござりますゆえ、新たな者ではうまくいかぬかと」

負担が大きいからとは言えないので、「やり残し」を言い訳にした。「二升の酒」に触れたのも、それだけのことで国替えかという気持ちを伝えたかったからだ。何をどのように言うかは、すでに考えていた。

ただどこまで胸に入ったかは分からない。滝川の使いで来た者が、国替えを話題にした。滝川の意思であることは、感じたはずだ。

「御心に留めていただきたく」

「うむ」

それだけだ。どうするとは口にしなかった。それで鳥居は、鈴を鳴らした。小姓が現れて、手を引かれて客間から出て行った。

「これだけでいいか」

帰り道、正紀は思案《しあん》した。鳥居との対面では、まったく手応えがなかった。期待はしていなかったが、もしやという気持ちは胸の内のどこかにあった。

定信に意見を言える人物ということで、頭に浮かんだのは御三卿の一つ一橋家当主の徳川治済だった。将軍家斉と亀之助の実父である。

尊号の一件を断った定信とは良好な関係ではないから、会って話をしておく方がよいだろうと感じた。

城内で正紀と顔を合わせた場合、無視をされることはない。声をかけてくることもあった。

何者か分からなかったときに亀之助を正紀は預かったが、結果として治済は、宗睦に利用された。政局絡みで親し気にしているが、口先だけで腹の中は分からない。

高岡藩上屋敷へ戻ってから、面会を求める使者を出した。しかし「多忙ゆえまたの折に」と丁重に断られてしまった。

鳥居も治済も、助力は期待できない。

「治済様という御仁は、己に利があれば動くでしょう」

佐名木が言った。味方をする方が得だと思わせればいいという話だ。

四

翌日も、橋本は植村と共に、蛇の目紋の手拭いについて聞き込みをするべく藩邸を出た。高坂は佐名木から用を告げられて、他の仕事となった。杉尾も、下り塩の輸送関わりで、そちらに当たった。

二人になっても、橋本の気持ちに衰えはない。調べられるだけ調べろと、正紀からも命じられていた。

「今日は、どこを当たるつもりか」

「剣術道場を当たります」

植村の問いかけに、橋本は答えた。新谷藩の者に直《じか》に問いかけても、怪しまれるだけだ。また探っていることを知らせるのは得策ではない。

そこで藩士が通っている剣術道場を聞いて、手拭いを使う者を当たろうと考えたのである。

「なるほど、妙案だ」

植村も同意した。

「ただその前に、屋敷周辺で八月の初めに旅に出た新谷藩士を見かけなかったか訊いてみよう」

これは植村が考えたことで、まずそれを確かめることにした。尋ねるのは、周辺の田圃に出ている百姓だ。

「さあ、気がつきませんね」

百姓は外へ出ていても、道を歩く者に目をやることはない。そもそも人通りが少ない江戸の外れで、旅姿の藩士を見た者はいなかった。

「藩士ではなく、中間《ちゅうげん》にも訊いてみましょう」

「そうだな。それくらいならば、怪しまれないだろう」

念のためだ。橋本の言葉に植村は頷いた。

藩邸の門が見えるやや離れた場所へ移って、中間か若党が出てくるのを待った。渡り者ならば、主家への忠誠心がないので訊きやすい。小銭を渡せば、知っていることは話すだろう。

「来たぞ」

一刻（二時間）ほど待って、中年の中間が出てきたので近づいた。橋本が小銭を与えた上で問いかけた。まずは旅に出た藩士についてだ。

「さあ」

よく分からない様子だ。話題を変えた。

「新谷藩のご家中は、腕自慢の御仁が多いと聞いたが」

「まあ、そうでしょうかねえ」

あまり関心があるようには見えなかった。どうやら半年か一年雇いの、渡り者の中間らしい。それならば、分かることは気安く話すだろう。

「いや、なかなかのものと聞く。ご家中の方々は、どこの道場で腕を磨いておいでなのであろうか」

稽古ぶりを見てみたいものだと付け足した。

「それは」

首を傾げてから、二つの道場の名を挙げた。下谷山崎《やまざき》町の馬庭念流《まにわねん》の道場と下谷御徒町《おかち》の戸田《とだ》流の道場だった。

「他にもあるかもしれないが」

分かるのはそれだけだった。

「いや、助かるぞ」

橋本と植村は、まず下谷山崎町の馬庭念流の道場へ行った。稽古の掛け声や竹刀《しない》のぶつかる音が響いてくる。剣術道場は捜しやすかった。

稽古を終えた門弟が出てくるのを待った。

「新谷藩のご家中が、稽古に見えているはずだが」

「いかにも」

「では、この手拭いを使う御仁はおいでにならぬか」

丁寧に頭を下げてから、橋本は手拭いを見せた。

「覚えはないが」

がっかりした。三人目の老武士が、ようやく見かけた覚えがあると言った。

「はっきりせぬが、新谷藩のご家中ではないような」

手に取って眺めたが、曖昧だった。残念だが仕方がない。

「新谷藩士でなければ、高岡河岸まで行く理由はなかろうな」

「いかにも」

さらに二人に尋ねたが、他に手拭いを覚えている者はいなかった。

それから下谷御徒町の戸田流の道場へ行った。道場の建物の規模は、こちらの方が大きかった。門弟数も多いようだ。

ここでも出てくる門弟を待って、同じことを問いかけた。

「手拭いでござるか」

面を被るときに使うが、稽古仲間がどのような手拭いを使うか、あらかたの者は気になどしない。

それでも四人目に問いかけた、三十歳前後の門弟が手拭いを覚えていた。

「八木澤弥九郎《やぎさわやくろう》殿が使っていたと思うが」

「さようでござるか」

腹の奥が熱くなった。

「しかしなぜそれを、そこもとがお持ちなのか」

橋本が手に持つ古手拭いについて、尋ねられた。

「それがしは、新谷藩にちと縁がある者で」

慌てて言いつくろった。

「八木澤殿は、どのような御仁で」

「確か六年くらい前に江戸勤番になって、道場に通うようになったはずだ」

記憶は曖昧だ。歳は三十代半ばで、なかなかの腕前だとか。体形を訊くと、長身痩軀だと答えた。

「稽古には、よくおいでになるのでござろうな」

「うむ。しかし今月になってからは、顔を見ぬな」

「ご多用なのでござろうか」

お目にかかれるならば会いたいと言ってみた。

「あの方は藩の使番で、江戸を出ることもあるようだ」

「なるほど」

橋本と植村は顔を見合わせた。

「この手拭いを、他のご家中が使っているのを見たことは」

念のために確かめた。

「ござらぬな」

それで道場の前から離れた。

「決めつけることはできぬが」

「八木澤なる侍に間違いないのでは」

二人は頷き合った。

五

橋本らが剣術道場を当たっていた頃、七日市藩上屋敷に大聖寺藩前田家の側用人佐分孫三が顔を見せていた。前触れのない訪問だったが、それは問題ない。火急の用事に違いなかった。

藩主利以と共に、矢田部は佐分と向かい合った。国替えにまつわる、新たなことが分かったのだと察した。

定信ら幕閣に疎《うと》まれていることは分かっていたが、できるだけ穏便な形で済んでほしいと願っていた。

「尾張殿から、新たな知らせがあり申した」

向かい合って座ったところで、佐分が口を開いた。矢田部は、息を呑んで次の言葉を待った。

「老中方がなさろうとする国替えでござるが、当家と高岡藩、それにもう一家の三方領地替えとなる模様でございまする」

これについては、すでに聞いていた。

「してそのもう一家とは」

問題はこれだ。

矢田部は気が急《せ》いた。この数年ではないほど、動悸《どうき》が激しくなっていた。藩の趨勢《すうせい》が明らかになる。

「伊予新谷藩加藤家だそうでござる」

「な、何と。伊予だと」

西国でも、海の向こうとなる。場所が頭に浮かぶのに、一呼吸するほどの間がかかった。遠方だとは考えていたが、具体的な場所を知って心の臓に痛みが走った。気持ちが揺れている。

「して当家と井上家と、どちらが伊予へ参るのでござろうか」

予想はついていたが、確かめたかった。

「もちろん、こちらであろう」

迷いのない佐分の口ぶりだった。利以は驚きを示し、それからため息を吐いた。今になっても高岡だと考えていたのなら、あまりに甘い。

「当家には、新谷へ移る費えがありませぬ」

これは矢田部の本音だが、向けてくる佐分の眼差しは息を呑むほど冷ややかだった。

「芝居に行く金子は、あったのでござろう」

これを言われたら、返す言葉がない。

「何とかならぬのであろうか」

利以は相手が家来筋でも、縋《すが》るような口調で言った。本家の加賀前田が、何とかしてくれないかと訴えていた。

これまでも、利以は本家や実家に頼ってきた。その甘えは、事ここに至っても消えていない。

「相手は、老中首座でござりまする」

慇懃だが、佐分は情には流されない。奢侈に過ごしてきた利以を、忌々《いまいま》しく見ていたのかもしれなかった。

「しかし七日市は中山道脇往還《なかせんどうわきおうかん》、下仁田《しもにた》街道の要衝《ようしょう》でござった」

利以は、七日市藩が加賀前田や大聖寺前田が、参勤交代の折に宿舎として使うのに役立ってきたことを訴えていた。失えば両家にとって、不便になるのは間違いない。

「いざとなれば、致し方ござるまい」

佐分は胸を張って言った。それで、本家と大聖寺の重臣が話し合った上での結論だと察した。

利以は主家の生まれだが、向かい合って怯む気配を窺わせなかった。

「しかし七日市藩が、どうなってもよいとは考えておらぬであろう」

矢田部はそう踏んでいた。どうでもよければ、放っておく。わざわざこうして訪ねては来ないだろう。

「避ける手立ては、ござりませぬか」

手立てがあるならば、聞いておきたい。

「されば国替えが、公儀にとって都合のよくないことになれば、取り下げるのではなかろうか」

「まさしくそうに違いないが」

効き目のある手立てがあるとは思えなかった。

「お考えいただきましょう」

そう言い残して、佐分は引き上げていった。それは利以や矢田部が、知恵を絞るべきだと告げていた。領国は本家や実家を頼るのではなく、己の力で守れと告げていると受け取った。

「どうしたものか」

矢田部は呻いた。そこで頭に浮かんだのは、高岡藩の正紀だった。

「あの御仁も、此度《こたび》の国替えを潰したいと考えているであろう」

知恵を絞り合えば、妙案が浮かぶのではないか。なかなかの知恵者だという噂《うわさ》は、耳にしていた。

正紀のもとへ、七日市藩の側用人矢田部が面会したいとの旨を使者が来て告げた。

「おおっ」

まずいことではなかった。国替えを避けたい者同士だ。

すぐにも会おうと伝えると、夕刻になって矢田部が屋敷に顔を出した。

「三方領地替えで、もう一つは新谷藩であるとか」

七日市藩にも、話が伝わっていたと知った。

「避ける手立てはないかと、迷うておりまする」

「それは、当家も同じでござる」

正紀は答えた。矢田部の深刻な表情から、その苦悩が伝わってきた。

老中鳥居に当たったが、芳《かんば》しい返事を得られなかったことを伝えた。一橋治済には会えなかったと付け足した。

「さようでござりまするか」

矢田部は肩を落とした。今のところ、妙案はない。とはいえ、早急に動かなくてはならない事案だった。

鳥居も治済も駄目ならば、どこへ行けばよいのか。定信に影響を与えられる人物でなくてはならない。

ならば将軍家斉かと思うが、容易くは会うこともできない相手だった。とはいえ両家で呼応して、できることが出てくるかもしれない。一家よりも二家の方がいいのは確かだ。

「力を合わせましょうぞ」

「望むところでございまする」

正紀の言葉に、矢田部が応じた。

六

北八丁堀《きたはっちょうぼり》の白河藩上屋敷へ、伊予大洲藩の江戸家老竹垣治部右衛門《たけがきじぶえもん》と伊予新谷藩の藩主加藤泰賢が、定信を訪ねてやって来た。屋敷にいる刻限を尋ねた上で、訪問の許諾を求めてきたのである。

この日は登城のない日だったので、来客が多い。門前には役付きを求める御家人や昇進を願う小旗本たちが、進物の品を抱えて姿を見せている。少なくない人数だ。それらには名を書かせ、進物品を受け取るが、いちいち会うことはなかった。

三人は庭の見える部屋で向かい合った。新谷藩の使番八木澤弥九郎が、廊下に控えている。

事前に約束のある大名は部屋へ通すが、一刻待たせて会わずに帰すこともあった。竹垣と泰賢は、姻戚にもなるので、半刻ほど待たせたところで客間に通した。

来意は分かっていた。挨拶もそこそこに、定信は口を開いた。

「三方領地替えの件だが、老中はすべて賛同し上様に上申をいたした」

「ははっ。ありがたいことでございます」

二人は頭を下げた。泰賢は、畳に額をこすりつけた。

「では数日のうちには、上様のお下知《げち》がありますな」

泰賢が安堵の声を出した。竹垣も満足そうに頷いた。

「うむ。そうなるであろうが、急がぬようにと、上様に声をかけている御仁がいる」

苦々しい思いになって定信は答えた。

「尾張様と加賀様でございましょうか」

竹垣が返してきた。

「まあ、そういうことだ。他にもいるがな」

誰かは伝えなかった。大洲藩と姻戚になるとはいっても、目の前にいるのは陪臣と小大名である。

城内の政局について、説明をするつもりはなかった。

「ありがたいと思え。そして何かの役に立て」

と考えるだけだ。役に立てなければ、再度の国替えもある。次はこの度のような、都合のよい国替えとはならない。

「高岡は、なかなかよい土地のようで」

泰賢が、頭を下げたままで言った。

「調べたのか」

動きの早いことだと感心した。事前に伝えてはいたが、聞いてすぐに動いたのだと察せられた。

「かの地まで家臣をやりました」

顔を上げた泰賢は、ちらと廊下に控えている八木澤に目をやった。

「河岸場を見てきたのだな」

利根川沿いの領地は、水に恵まれている。表高は一万石だが、高岡藩の実高は一万二千石ある。新谷藩は同じ一万石でも、実高は九千七百石だ。小藩にとって、二千三百石の違いは大きい。高岡河岸のような運上金《うんじょうきん》や冥加金《みょうがきん》を得られる場所もない。

「かの地は、なかなかに活気があるようで」

泰賢が答えた。廊下の八木澤は、頭を下げたまま微動だにしない。剣の腕はよさそうだと感じた。

「そうか」

定信は頷いた。正紀が婿入り以来、手塩にかけた河岸場だ。それを奪ってしまうのは心地よい。尾張の鼻を明かしてやれる。

その部分では、新谷藩が現れたのは都合がよかった。

「高岡藩と七日市藩にとっては、迷惑な話であろう」

「それは、まさしく」

「特に高岡藩の正紀は曲者《くせもの》だ。話を覆《くつがえ》そうと、何か企むであろう」

「…………」

「七日市藩も、何とかという側用人は使えるようだ」

これは定信が配下に調べさせた。このあたりの手抜かりはない。

「二人は、手を組みまするか。上様の下知がある前に何を企むのでしょうか」

「分からぬ」

正紀も側用人も、何かするのは間違いない。背後には、尾張と加賀前田がついている。定信は続けた。

「何かして、それがうまくいけば話は流れるぞ。国替えは、正式に決まったわけではないからな」

「そ、それはそうですが」

泰賢は慌てたらしかった。

「正紀という若造は、突飛もないことを考えるようだ」

「はあ」

「悔いのないようにいたせ」

強い口調にした。新谷藩で、高岡藩や七日市藩の余計な動きを防げと伝えたつもりだった。

「上様には、早くお下知がいただけるようにいたすが、じっとしていてはならぬ。よいか、江戸に近い土地への国替えを望む大名家は、新谷藩加藤家だけではないぞ」

これは脅しだ。

「ははっ」

両手をついた泰賢は、またしても畳に額がつくほどに頭を下げた。

七

この日も、高岡河岸には荷船がやって来た。白い帆が、秋の日差しを浴びている。船着場の手前で、その帆が水主の手で下ろされた。

霞ヶ浦の河岸場からやって来た荷船だ。運ばれてきたのは炭俵で、明日には関宿行きの荷船に載せる。

「荷船が来たぞ」

船着場に立って、川上に目をやっていた百姓が声を上げた。

今日の昼近くに荷船が入ることは、あらかじめ百姓たちには知らされている。荷運びは、高岡領内の村で交代にやった。領内のすべての村の者が、日銭を稼げるように正紀が図ったのである。

稲の刈り入れも迫っているが、ここは家の働き手が姿を見せた。

今日は小浮村の番だったから、中彦は河岸場へ出た。昌助が斬られて五日目になる。

い。

不審な侍が再び現れることはないか、荷船が着くと気になった。怒りは消えていない。

不審な者がまた現れるのではないかと、心穏やかではなくなる。

女房おタヨと倅の昌太は、葬儀が済んだ後には野良着に着替えて田圃に出ていた。働き手の中心になる主人が殺されたからといって、田仕事を止めるわけにはいかない。不憫《ふびん》だが、残された者はこれまで以上に田に入らなければ生きていけなかった。

必要に応じて、村の者が手伝うことになる。

田圃は三日手を入れないと、雑草が出たり虫がついたりする。張った水の量も調節しなくてはならない。稲は日差しを受けて育つが、水の量で温度を調節する。

昌助の葬式には、藩から花と弔慰金《ちょういきん》が贈られた。藩の納屋を守ろうとして斬られた。国家老の河島は、そこを考慮したのだ。

藩主である正紀の方針でもあった。

向こう三年の間、年貢の減免も行われる。村人はこの措置を喜んだ。

「橋本様は、あの手拭いで、手を下した侍を炙《あぶ》り出せたのだろうか」

「さあ、どうだか。古いやつだったからな」

荷運びのためにやって来た村人の問いかけに、申彦は答えた。

「それでも何とか、していただきてえ」

「そうだ。このままでは腹の虫が治まらねえ」

村の者たちは、集まるとこの話をする。他人事ではないからだ。高岡河岸の納屋は、藩にとっても百姓らにとっても、大事な場所だ。そこへ不審者が現れたら、誰もがそのままにはしない。

「それにしてもあの侍は何者で、何のためにここへ来たんだ」

「ただ者じゃあねえぞ」

その謎が解けない。

荷船が着いて、荷下ろしが始まる。威勢のいい掛け声が上がった。申彦も、荷運びの中に加わる。

半刻ほどの仕事だ。済むと百姓たちは、手間賃を受け取って引き上げる。藩の番人も、荷運びが済むと陣屋へ報告に向かった。

申彦も河岸場から離れようとしたところで、艪《ろ》の音が近づいてくるのに気がついた。船着場に小舟が近づいてくる。

旅の商人を乗せていて、漕いでいるのは上流の木下河岸にある旅籠亀屋の船頭だった。申彦とは顔見知りである。

「こちらの方が、高岡河岸の様子をご覧になりたいとおっしゃいましてね」

亀屋の船頭が言った。

中彦と残った三人の百姓が相手をすることにした。この一、二年で、高岡河岸を使おうという問屋が増えてきた。様子を見て、使えるならば荷を置こうと考えてのことだ。

これは不審者とはいえない。藩や村としては客になるわけだから、現れれば相手をした。

「関宿の繰綿《くりわた》問屋の番頭でございます」

利根川上流の河岸場へ荷を運んでいたが、下流への商いも増えてきた。そこで今月の上旬になって、取手河岸と木下河岸を見て廻ったのだとか。

「うちでは、新たに北浦や銚子にも荷を運ぶことになりました。高岡河岸は、そのあたりへの荷の中継には適していると勧められました」

それで宿泊している亀屋の舟で、河岸場を見に来たのだった。

「ならば間違いないでしょう。ここまで一緒に運んで、北浦行きと銚子行きに荷を分ければ無駄がない」

輸送の費用も節約できると説明した。

「他にも、そうしている問屋は結構ありますよ」

いくつかの問いかけをしてきて、商人は納得したらしかった。ここで中彦の方が逆に問いかけをした。

「ここを勧めたのは、どこの商人だったのでしょうか」

すでにここを使っている店の者ならば、礼を言いたい。

「商人ではありません」

「えっ」

「お武家様でした」

商いの話だから、意外だった。

「高岡藩のお侍ですか」

これならば分かる。

「そうではありません」

「では、どのような」

「そのお侍が言うには、高岡には新しいお殿様が入られるとか」

「まさか」

思いもよらぬ言葉だ。にわかには信じがたい。

「私もおかしな話だと思いましたが、お侍はからかって言ったという様子ではありませんでした」

「ううむ」

中彦たちは顔を見合わせた。そんな話は、一度も聞かない。一緒に聞いた百姓たちも、首を傾げた。

「聞き間違いではないですか」

「いや、そうではないと思いますが」

聞いただけのことだから、確かめたわけではない。そこで話を聞いた日にちを尋ねた。

「あれは、そうそう、今月の六日でしたね」

昌助が殺される二日前だ。

「話をしたのは、昌助を斬った侍ではないか」

と中彦は思ったが、口には出さなかった。

そこへ、藩の番人が陣屋から戻ってきた。中彦は尋ねた。重大なことだから、聞き流すわけにはいかない。

「新しいお殿様が入る話があるというのは、まことでございましょうか」

番人は笑い飛ばすと考えたが、そうではなかった。

「な、何を、たわけたことを」

否定はしたが、慌てた様子だった。

「そのような話を、どこで聞いたのか」

申彦と百姓たちは、商人に目をやった。

「あらぬことを申すな」

旅の商人を叱りつけた。そして言い訳もさせず、河岸場から追い返した。

「怪しい」

申彦はその慌てぶりを目にして、かえって疑う気持ちを強くした。藩士とは離れたところで、聞いていた百姓たちと話をした。

「殿様が変わるのは、嘘じゃあねえのかもしれねえ」

「ああ、国替えってのがあると聞いた」

「まさか井上家が」

信じがたいが、そうでなければ話の筋が通らない。

「ということは、替わって来る殿様の家来が、高岡河岸を調べに来たっていうわけか」

「それならば、ありそうだぞ」

「新しく入る土地を調べるくらいは、するだろうからな」

「普通なら話さねえだろうが、関宿の商人ならば、これからのこともあるから話したんじゃあねえか」

「近いうちに高岡に入るならば、かまわねえって話か」

「しかし、おれたちには知らされていねえ」

「隠しているのか」

はっきりとはしない。番人は否定したが、かえって事実ではないかと疑わせる反応だった。

「領民を、容易く斬り捨ててしまうような家臣がいる御家か」

中彦は呻いた。

国替えに関する話は、この日のうちに小浮村のすべての家に伝わり、周辺の村にも広がった。

第三章　正国の最期

一

矢田部が引き上げてしばらくした頃に、橋本と植村が藩邸へ戻ってきた。二人とも、目を輝かせている。手掛かりを得たようだ。

「新谷藩士の通う剣術道場へ参りました」

早速正紀は、新谷藩使番八木澤弥九郎について橋本と植村から話を聞いた。長身瘦軀で蛇の目紋の手拭いを持っていたことと、今月になって道場に顔を出していないというのは、いかにもそれらしい。

断定はできないが、状況からすれば、昌助殺しは八木澤の仕業としか考えられなかった。

「よくぞ辿り着いた」

二人をねぎらうとともに、昌助の無念を正紀は改めて思った。

「この悪事をもって、国替えを沙汰止《さたや》みにはできないでしょうか」

橋本も植村も気色《けしき》ばんでいる。

「まだ無理であろう」

正紀は返した。犯行の場を見た者はいないし、手拭いも己のものだと認めないに違いない。関係各所に多数配られた品で、特定はできない。二十年前とはいっても、すべてが消えてなくなったわけではないだろう。

ただ状況証拠の一つにはなると思われた。

「今後は、八木澤の動きを見張れ」

今、八木澤がどこにいるかは分からない。ただ名が分かった以上、捜しようはあるだろう。これまでの動きも探れるはずだ。

「はっ」

「高岡河岸へ現れた侍の顔は、遠くからではありますが、それがしも見ておりまする」

橋本が付け足すように言った。

一日にあったことは、京にも知らせる。京に話すことで、正紀は出来事に対する自分の考えを整理する。

「土地の者を斬っていたら、己から白状をすることはないでしょうね」

「うむ」

「新谷藩も、そやつを守らぬでしょう」

京の言うとおりだ。

「百姓を斬ったことを、話してはおらぬのかもしれぬな」

孝姫のお守《も》りは、侍女がしていた。

「腹の具合はどうか」

いつもならば孝姫と過ごす。それがないのは、何かあるのかと正紀は案じた。

「ちと、お腹が張りまする」

それだけのことだと言った。妊婦の体のことはよく分からないが、京は病人ではない。無事な出産を願うばかりだった。

そこへ、正国付きの侍女が慌てた様子でやって来た。

「大殿様が」

障子《しょうじ》の外から、切迫した声がかけられてきた。正国を診ている藩医の辻村順庵《つじむらじゅんあん》が、呼べと命じたのだった。

「そうか」

どきりとして、正紀は京と顔を見合わせた。朝から、正国の体調はよくなかった。

二人は病間の隣室へ駆け付けた。和も姿を見せていた。

「も、もう、どうにもならぬのか」

目に涙を溜め、体を震わせている。和付きの侍女が、手を握ってやっていた。一人では、立ち上がることもできなかった。

辻村とは、廊下で話した。和に聞かせれば、さらに取り乱すのではないかとの配慮からだ。

「小さな発作がありました」

「ううむ」

「治まりましたが、脈が弱まりました」

慎重な口調で、目に涙の膜ができている。精いっぱいやったが、もう手には負えないと付け足した。

「己を責めなくてよい。すべては天命であろう」

正紀は告げた。誰の目にも、正国が快癒するとは思えなかった。むしろここまでこられたのは、辻村の尽力の賜物《たまもの》かもしれない。

「今夜か、明朝か。明日の夜までは、もちますまい」

声をひそめて言った。すでに、薬も受け付けなくなっているとか。横で聞いていた京が、息を呑んだのが分かった。

「そうか。話はできぬのか」

「眠っていますが、目を覚ませばできるかと存じます」

話ができるならば、した方がいいと告げた。最期の別れをしろという意味だと受け取った。

「分かった」

正紀と京は、正国の枕元に座った。痩せて染みの浮き出た土気色《つちけいろ》の顔をした老人が、眠っている。一瞬、もう亡くなっているのではないかと息を呑んだ。

その顔を見つめた。

すぐにも息を止めてしまうのではないかと案じたが、それはなかった。しばらくしたところで、正国は薄く目を開いた。

「正紀でございます」

声をかけた。

「おお」

反応があった。掠れるような小さな声だ。正紀は顔を近づけた。

「公儀からの、沙汰は、ないか」

天領から買い入れた、二升の酒のことを言っていた。覚えていたようだ。国替えの話など一切していないが、何かを感じているらしかった。

病魔に冒《おか》され、生死の縁《ふち》にいる。それでも記憶に置いていたことに驚いた。定信の気質を熟知しているからこそ、何かしてくるはずだと考えているのだ。

能吏としての嗅覚《きゆうかく》が、残っているのだと感じた。正国らしい。

「何もございませぬ」

正紀は、耳に口を近づけて答えた。正式なものはないから、嘘とはいえない。とはいえ国替えの話は進んでいる。

ただそれを、口にすることはできなかった。

「よ、よいか。藩士と、領民を守れ。必ず、御家の、ためになる」

「はっ」

やっと声を出している。一言も聞き逃すことのないように心がけた。

「事に至ったとき、どう、するか。下の者は、上を、見ておる」

「………」

「御家の、大事には、藩札を、どうするか。それが、大きい」

最悪を考えての言葉である。減封《げんぽう》や国替えが頭にあるかのようだ。声を出すのも辛そうだが、何よりも気がかりなのだろう。

高岡藩では、しめて千四百両ほどの藩札を出している。藩がなくなれば、持っている者にとっては紙屑《かみくず》となる。

国替えを知れば、藩札を握った領民や商人が雪崩を打ったように換金を求めてくるはずだ。

「出せぬなら、出せぬで、仕方がない。だが、得心させよ」

ここで、ふうと息を吐いた。これだけでも疲れたようで、目を閉じた。

国替えは覆《くつがえ》すと正紀は考えているが、できなければすぐに藩札の問題が起こる。藩には藩札を換金する金子はまったくない。家中一同の移動も行わなくてはならなかった。

伊予新谷は別として、上野七日市でも費えの捻出《ねんしゅつ》は至難の業だと思われる。一万石の内証《ないしょう》など、どこも同じだろう。

「ありがたき、お言葉」

胸に、「得心させよ」という言葉が残った。正国は、そのまま眠りに落ちた。

目を開くことがないまま、一夜が明けた。浅いがまだ息がある。

「お強い方です」

辻村が言った。通常ならば、もうもたないとか。

二

百姓たちの朝は早い。明るくなる前に動き始める。特に刈り入れが迫ったこの時季ではなおさらだ。

黄金色《こがねいろ》に覆われた田は、風に穂を揺らしている。

そんな中、小浮村の名主彦左衛門の屋敷に、高岡領内の村の名主や百姓代が集まってきた。未明から小雨が降っているが気にする様子はない。

小作を持っていて領内では豊かとされる者たちだが、それだけではなかった。

かつがつ暮らしている者でも、正紀に親しみを持っている小前は少なからずいた。

井上家がこの地を去ることに、疑問と不安を感じる者たち四十名余りだった。

申彦は、その面々の顔を見て、正紀が領民たちの胸に深く食い込んでいることを感じた。

「井上家が、高岡から去るとの話は、まことでございましょうか」

隣の野馬込《のまごめ》村の小前だ。

「いったい、何があったんだ」

「そうだ。何にもなくて、こんなことがあるわけがねえ」

口々に自分の思いを告げた。

「確かめたわけではない。ただその関わりで、昌助が斬られたという話がある」

立ち上がった彦左衛門は、木下河岸亀屋の船頭が連れてきた関宿の繰綿問屋の番頭がした話を伝えた。

「藩は、何も言っていねえが」

この話は申彦だけでなく、他の村人も聞いていた。

「まだはっきりしていないからじゃねえか。はっきりしたら、河島様はおれたちに伝えるだろうさ」

国家老の河島についても、村の者は信頼していた。

かつて高岡藩では、年貢の徴収を巡って村の者たちの不満が高じ、一揆を起こしたことがあった。このとき誰一人として死者が出ぬよう騒乱をうまく収めたのが正紀で、まだ中老だった河島も尽力したことを、村の者たちは覚えている。

「どこの、どんな御家が来るのか」

「酷いのが、来るんじゃあねえか」

百姓たちが怖れるのは、それだ。苛政《かせい》を敷かれてはたまらない。少しずつだが、暮らしはよくなってきた。正紀の施策のおかげだ。それは申彦だけでなく、誰もが感じていることだった。

「調べに来る侍がいるくらいならば、もう決まっているんじゃゃねえか」

これは当然の考えだ。

「来たって、ただじゃあおかねえ」

「そうだ。手こずらせてやるさ」

昌助を斬られた恨みと怒りがある。また百姓たちにも意地がある。

新領主が現れたとき、舐められてはなるものかと考える。苦労をさせなくてはならない。舐められたら、重税を課せられる。

「しかし何であれ、来るとなれば来るぞ」

それももっともだった。

「藩札は、どうなるのか」

これを口にしたのは、大和田《おおわだ》村の百姓代だった。多数の小作を使っている。実際の数字は分からないが、十両や二十両ではないだろうと申彦は見た。

そうなれば、簡単には引かないだろう。

名主や百姓代は、額の多寡はともかくとして、ほとんどの者が藩札を持っていた。陣屋町の商人も、目につく店《たな》では持っている。それを換金するについては、井上家や正紀に対する親愛の気持ちとは別物だった。

「国を出るときに、払っていただけるのか」

この疑問は切実だろう。一両分しか持たない小前でも、それは同じだ。一両という金高は、百姓にとってとてつもなく大きい。

「正紀様がご当主になったから、おれはなけなしの銭を出したんだ」

そう口にした者もいた。小前の百姓すべての思いではないが、藩札の問題は大きかった。しかもそれは、村で力を持つ百姓たちだ。

「おれは藩札なんてねえが、わけのわからねえ御家になんざ、来てもらいたくねえ」

と若い小前が言った。

「そうだ」

声が揃った。暮らしを乱されたくない。これは一同の本音だ。

彦左衛門は、やって来た者には意見を言わせた。

「国替えで来た新しい御家が、年貢を増やしたってえ話を聞いたぞ」

四公六民を五公五民にされたという話だ。これは百姓にしてみたら、とんでもない違いだ。

「高岡河岸の荷運びだって、おれたちにただでやらせるかもしれねえ」

「冗談じゃねえぞ」

苛立《いらだ》った声が上がった。百姓たちは、激昂《げきこう》していた。

「はっきりしねえことを、ここでどうこう言っても始まらない」

彦左衛門はたしなめた。

「河島様に、お伺いをしようではないか」

大和田村と猿山《さるやま》村の名主が言った。

「そうですな」

彦左衛門が頷いた。すぐに陣屋へ、申し入れた。

その日のうちに、彦左衛門と大和田村、猿山村の名主が、国家老の河島に目通りできることになった。申彦も、付き添いとして末席に連なった。

気になる何人かの百姓が、陣屋の門前までついて来た。雨はまだ止《や》んでいないが、それを気にする者はいなかった。

「おれたちのことだからな」

藩札を持つ、すべての百姓の思いだ。また藩札を持たない者でも、領主が変わることには穏やかならざるものがある様子だった。

河島と名主たちが向かい合ったところで、彦左衛門が国替えの件について問いかけた。

「噂はある。しかし沙汰があったわけではない」

河島は否定をしなかった。公儀からの正式な沙汰があれば、すぐに伝えるつもりだったと言い足した。こちらが面談を申し入れた時点で、話の内容に気づいたのかもしれなかった。

「藩では、どのようなお考えでございましょう」

彦左衛門が尋ねた。

他の名主たちが、必死の眼差しを河島に向けた。これを聞くことが、訪ねた第一の目当てだ。

「江戸屋敷では、事の真偽を確かめておる」

「しかし下知があれば、高岡を出ることになるのでございましょう」

大和田村の名主が返した。

「それはそうだ。ご公儀の命には、従わざるをえまい。だがな、まだ出てはおらぬ」

井上家でも望んではいないと付け足した。高岡という土地の中で、井上家は代々過ごしてきた。これからもそのつもりだと伝えた。

「しかし話があるのは、確かでございましょう」

猿山村の名主が迫った。

「それはそうだ」

「藩札については、どうなりましょうか」

大和田村の名主が問いかけた。ないものにはさせない、という気迫があった。

「当家の財政は厳しい。しかし万一の場合には、できる限りのことをいたす」

「まことで」

具体的な数字は出さなかった。信じきれない気持ちが、猿山村の名主にはあるようだった。大和田村の名主にしても、疑問はあるのだろう。皆の顔に、不満の色が出ていた。

誰も得心はしていない。

河島の「できる限り」という言葉には、全額ではないという含みがある。

「正紀様より、仰《おお》せつかっておる」

「さようで」

正紀の名を出されたならば、今はそれ以上押せない。

「お言葉を、信じましてございます」

四人は陣屋を引き上げた。

三

七日市藩の矢田部は、昨夜高岡藩の正紀から、新谷藩の使番八木澤の動きについて知らせる文を受けた。新谷藩は、こちらよりも早く国替えのことを知って動いていた。

「おのれ」

新谷藩に知らせたのは、定信だろう。他には考えられない。遠隔の地にある新谷藩加藤家は、江戸近くに国替えを願ったのかもしれなかった。

怒りはあるが、こちらにも負い目がある。どうすることもできないのが、もどかしかった。

七日市藩は木挽町河原崎座の小屋の前で騒動に巻き込まれたが、それは定信派の旗本らの企みだと正紀から知らされていた。八木澤が企みに加わっていたかどうかは分からないが、動きを警戒する必要がある。

こちらは国替えを潰したいが、向こうはまとめたい。これは槍を突き合わせてこそいないが、戦《いくさ》だと思った。

新谷藩と八木澤について調べに出ようとしていたところで、藩の年貢米を扱う稲田《いなだ》屋と太物を納める菅原《すがわら》屋、呉服の八巻《やまき》屋の主人三人が面談を求めてきたと聞いた。御用達とはいっても、金を借りている相手でもあった。

いきなりの訪問で追い返してもよかったが、嫌な予感がした。

「会おう」

家臣に伝えた。藩の御用達として長い付き合いがある。御用金の用立てもさせていた。藩財政に深く関わっている商人だ。しかも三人が雁首《がんくび》を揃えている。追い返すなどできなかった。

ともあれ不気味だった。

矢田部は藩の勘定頭と共に、三人の主人と向かい合った。

「国替えの件が漏れたのでござろうか」

初老の勘定頭は、不安の面持ちだった。

何を言ってくるのか、見当がつかないわけではなかった。藩では四千両ほどの藩札を出していて、そのうちこの三つの御用達だけでも合わせれば千五百両ほどの額になる。

向かい合って挨拶を済ませると、一番年長の稲田屋の主人が口を開いた。

「七日市藩前田家におかれましては、遠方の地への国替えがあるとか」

すでに決まったことといった口調になっている。知らされていないことへの不満が、顔に出ていた。

「いや。まだ決まってはおらぬ」

慌てた様子で勘定頭が応じた。

「しかし話が出ているのは確かでございましょう。すぐにお知らせいただけなかったのは残念でございます」

他の二人も頷いた。金子のこともあるが、それがまず不満の種になっていると矢田部は察した。

「すまぬことをした」

突っ張れば拗《こじ》れると思ったから、まずは一歩引いた。それから矢田部は、言葉を続けた。

「いらぬ気遣いをさせるのでな、伝えるのははっきりしてからと考えておったのだ」

他意はないと伝えた。

「気遣いよりも、国替えが決まった場合には、金子にまつわるもろもろをどうなさるのか。それについて、話し合わなくてはなりますまい」

稲田屋の口ぶりには、断固としたものがあった。

「さようで。速《すみ》やかなる換金をいただかなくてはなりませぬ」

菅原屋の主人が続けた。菅原屋は、四百五、六十両ほどの藩札を持っている。指折りの大口《おおぐち》だ。

丁寧な口調でも、国替えのどさくさで、藩札をそのままにはさせないぞという腹の内が窺えた。

国替えはないものとさせるつもりだが、それは極めて厳しいと感じている。新谷への家中の引っ越しとなれば、その費えには、御用達の商人から御用金を受けるしかないとも考えていた。

敵に回すわけにはいかない。

この度の国替えについては、木挽町での騒動が根にある。加賀や大聖寺からの充分な援助は望めない。すでに釘を刺されていた。

金子を受けるのではなく、返済として取られるのでは藩は立ち行かない。焦る気持ちが顔に出ないように、矢田部は気を引き締めた。下手《したて》に出ていても、相手はしたたかな商人たちだ。

「当家では、何があろうとも、長年の付き合いがある商家との関わりは続けるつもりである。国替えがなければ、藩札はそのまま使うことができる」

ごまかしを口にしたのではない。事実ではあるが、目の前の者の気持ちを鎮めたいとの思惑はあった。

「しかし遠国になったらどうなさいますか」

年貢米扱いの稲田屋が言った。矢田部の言葉を、気休めとしか感じていないようだ。さらに続けた。

「例えば移り先が彼方の西国であれば、米は江戸まで運ばないのではございませぬか」

先を見据えて言っていた。年貢米は、わざわざ輸送料をかけて江戸まで運ばない。大坂の米問屋扱いになる。稲田屋とは付き合いがなくなる。

稲田屋は七百両近い藩札を抱えていた。

「それゆえ国替えの話がなくなるようにと、本家にも動いていただいておる」

加賀前田家を出した。七日市藩の背後には、加賀百万石があるぞと伝えたのである。

これまでは、それで通ってきた。

加賀の信用は絶大だ。

「藩札の換金については、沙汰があり次第話をいたそう」

決まらないうちは何も応じないという態度を取った。得心はしていないだろうが、とりあえずはこれで主人たちを引き取らせた。

三人が引き上げた後で、矢田部は額に浮いた汗を懐紙で拭いた。

「それにしても、なぜあの者たちは国替えのことを知ったのであろう」

これは疑問だった。もちろん、秘事は漏れる。だからこそ知った上でやって来たと考えたが、ならばどこで聞いたのか気になった。

「藩の誰かが、漏らしたのではないでしょうか」

勘定頭が言った。

「ううむ」

藩士には緘口令《かんこうれい》を敷いていたが、軽輩がわずかな金子のために漏らした可能性はないとはいえなかった。七日市藩を貶《おとし》めようと謀《はか》っている者は、こちらへの調べも入れているに違いない。

「こうなると、七日市の国許にも伝わるぞ」

それはもっと厄介だった。藩札を持つ豪農だけでなく、御用達の商人は恐慌をきたす。藩札や借りた金子の件だけではない。買い入れた物品の支払いも、延べ払いになっているものがあった。

一斉に取り立ててくるだろう。

四

正国は、眠りに就いたままだった。閉じた障子の外側は明るい。小鳥の囀《さえず》りが聞こえてくる。

病間はしんとして、動きが止まっている。正国はすでに、寝返りさえ打たない。

「もう目を覚ますことはないのか」

寂寥《せきりょう》の思いが、枕元にいる正紀の胸を覆った。国替えを回避する手立てを探りたいが、正国にとって今日が最期の日となるならば付き合いたかった。

正紀にとって義父であり、血の繋がった叔父であり、先代の高岡藩井上家の当主である。

奏者番として幕閣の一翼を担う立場にもなった。定信と宗睦との確執がなければ、さらなる出世が見込まれた。能吏で、尾張一門の中でも指折りの俊才といわれた人物であった。

その正国の人生を、正紀は考えた。悲しいが、それだけではない。志《こころざし》半《なか》ばにしてこの世を去る無念も、胸に去来した。

和も京も、枕元から離れない。和が、時折洟《はな》を啜る。疲れているのか、居眠りをすることもあった。

「横になられては」

京が勧めるが、枕元にいたいと言う。詳しい容態を伝えてはいないが、何かを感じるに違いなかった。

京と話して、したいようにさせた。正国と和は、取り立てて睦《むつ》まじいとは感じなかったが、夫婦のことは分からない。

そこへ思いがけない人物が姿を見せた。先々代の高岡藩主正森《まさもり》である。顔を見るのは久しぶりだった。相変わらず日焼けした顔で、矍鑠《かくしゃく》としている。

「正国の容態はどうか」

顔を合わせると、挨拶の前にそれを口にした。案じ顔だ。

正森はおよそ三十年前の宝暦《ほうれき》十年（一七六〇）に五十一歳で隠居をした。今は八十二歳で、病のために国許高岡で療養していると公儀には届け出ていた。

しかしこの老人、高岡にいることはめったになかった。身体堅固で、小野《おの》派一刀流の達人である。江戸と下総銚子の間を行き来して、〆粕と魚油の商いを行い繁盛させていた。

江戸には孫ほどの歳の女房代わりがいて、銚子には娘といっていい歳の女子《おなご》に「旦那さま」と呼ばれていた。どちらも美形で、達者な爺さんだった。

正森は婿ではなく、井上家の血筋だった。男児に恵まれなかったので、正国を婿に取った。しかし二代にわたって尾張から婿が入ったことを、面白くないと考えている節《ふし》があった。

何かの行事や大事がない限り、高岡藩上屋敷に姿を見せることはなかった。尾張嫌いという風評もあったが、正国や正紀の働きぶりを認めていないわけではなかった。

高岡藩が〆粕商いに関わって利を得られるようになったのは、正森の配慮があったからだ。

数日前、正紀はいよいよ正国の容態が厳しくなったと感じたところで、銚子の〆粕と魚油を商う松岸《まつぎし》屋へ文を出していた。正森に伝えていたのである。

「今朝、銚子から着いたところだ」

正森は、疲れを見せない顔で言った。江戸からの正紀の文を見て、急遽《きゅうきょ》出てきたのだと付け足した。

正森は尾張嫌いでも、高岡藩井上家を守りたいという気持ちでは、正国や正紀と繋がっている。容態を案じる気持ちは、尾張嫌いとは別物だ。

「どうぞ」

正紀が案内した。正森は、病間に入ると枕元に座った。じっと眠る正国の顔を見つめた。

何か声をかけるかと思ったが、それはなかった。正国が目を覚ますこともない。そのままときが過ぎた。

眠る姿を四半刻ほど見つめてから、得心したような顔を正紀に向けた。

「別れは、済ましたぞ」

「ははっ」

それで病間を出た。

「その方も、身をいとえ」

娘の和に声をかけた。和は、実父に慰められ涙を流した。

それから正紀は、別室で正森と向かい合った。

「大坂加番《おおさかかばん》、定番《じようばん》と、遠路の地での暮らしが長かった。江戸に戻ってからはすぐに奏者番と、気の休まることもなかったであろう」

「そうかもしれません」

「当人にしてみれば、まだまだやりたかったと思われる」

「はい」

「しかしな、よくやったではないか」

正紀は、正森が正国を褒める言葉を初めて耳にした。家督を譲った相手への、弔《ちよう》辞《じ》だと受け取った。

「枕元に座ってな、あやつとは話をした」

正森は続けた。

「どのような」

これは聞いておきたい。

「互いに亡くなった後の、高岡藩井上家のことじゃ」

「井上家は、これからどうなっておりましょう」

「高岡で、栄えねばならぬ」

「そうありたいものです」

今はその瀬戸際にいる。ただそのことについては、まだ正森には話していなかった。

「憂《うれ》いがあるな」

少しの間こちらを見つめていた正森は言った。正紀の胸の内を見抜いていた。

「はあ」

「申してみよ」

「されば」

躊躇《ためら》わず話してみることにした。何かの知恵が得られるかもしれない。

正紀は二升の酒のことから、国替え話に至るまでの詳細を伝えた。正国がやっとのことで語った言葉についても話した。

「そうか。正国は、藩札のことを口にしたか」

聞き終えた正森は、まずこのことに触れた。

「領民を守れという話の中ででございました。それが当家を守ることになるとの仰せで」

「うむ。藩札は領民や御用の商人が、藩を信じたからこそ、金子を出したわけだからな」

「肝《きも》に銘《めい》じております」

今は額面通りには返せない。だからこそ国替えを回避したかった。

「一両の藩札は、ある百姓にとっては命よりも重いことがある」

昔を思い出す口調だった。藩主として過ごした日々の中で、藩札に関する記憶があるのかもしれない。

「まさしく」

「今、藩札はしめていかほど出ているのか」

「千四百両ほどでございます」

「ずいぶん出ておるな。わしの頃よりもだいぶ増えておる」

「いろいろ入用なことがあったかと」

正紀が婿に入ったときには、千三百両ほどになっていた。井尻には、その量を増やすなと伝えている。

「その千四百両の藩札には、手にした者の思いが詰まっておる。これを守る手立ては、今のその方には一つしかないぞ」

「国替えの話を、ないものにするしかありませぬ」

「そうだ。そして藩札を握る百姓たちは、敵ではない。金子を求めて迫ってくる者たち、という分かっている。金子を拵《こしら》えることはできない」

この言葉は思いがけなくて、胸に染みた。金子を求めて迫ってくる者たち、という

受け止め方がどこかにあった。しかしそうではないと教えられた。己の暮らしを、守りたいだけだ。

だからこそ正国は、領民のことを口にしたのだ。

「村の者は、その方のこれまでを、よしとしている」

「ならば幸いですが」

「力を合わせよ」

しばらく江戸にいると言い残して、正森は去っていった。力を貸すと言っていた。藩札を持った百姓たちと、どう力を合わせるのか。正紀には見当もつかない。しかしその手立てがつけば、国替えは回避できそうな気がした。

正森は、不思議な老人だった。

そして次に屋敷に現れたのが、深川堀川町の米問屋安房屋の大番頭巳之助だった。

相手をしたのは井尻だ。

安房屋とは、千両の新たな御用金の話があった。井尻が出向いて、話をつけてきたのである。

嫌な予感もあったので、正紀は襖を閉じた隣室で二人のやり取りを聞くことにした。金のことがある中で、呼びもしないのに向こうから来るのは珍しかった。

挨拶が済むと、すぐに巳之助は切り出した。

「先日お話しいたしました、御用金についてでございます」

「高岡河岸での納屋新築の話は進んでおるぞ」

井尻は、都合のいいことを口にしている。冷や汗をかいていることだろう。

もちろん国替えがなければ、進めたい話ではあった。しかし千両もかかる話ではない。他にも考えがあり、追って知らせるという流れだった。

その中身を訊きに来たのかとも考えたが、そうではなかった。

「井上様が、お国替えになるとの話を耳にいたしました」

単刀直入だ。一気に言ってから、少し間を置いて続けた。

「まことでございましょうか」

「いや、それは」

声を聞くだけでも、明らかに井尻は慌てていた。しかしすぐに気持ちを立て直した。

井尻もただのお人好しではない。

「待て、国替えの話など、どこで聞いたのか」

確かめておくのは、大事なことだ。

「噂でございます」

「当てにならぬものだ」

どうということもないといった口調にして、井尻は言っていた。

「火のないところに、煙は立ちませぬ」

巳之助は落ち着いている。

「何を申すか」

「万に一つでもお国替えとなりますならば、話が変わりまする」

責める口調にはしていないが、冷ややかな印象はあった。騙されたと考えているのかもしれない。

「どう変わるのか」

井尻は、何とか応じた。すでに動揺はないが、心中は穏やかでないだろう。正紀にしても、来るべきものが来たという気持ちだった。

「お国替えとなるならば、河岸場の納屋を新築することはありますまい」

「それはそうだが」

「話は、お国替えがないとはっきりしたところで、改めていたしたく存じます」

当然といった口調だった。腹を決めて出向いてきたのだろう。下手《したて》な態度でも、言うべきことは言う。刀を抜いて脅しても引かない覚悟だろう。

「それとこれまでご用立てさせていただいた金子につきましても、ご返済をいただきたく存じます」

改めて相談したいと言い残して、巳之助は引き上げていった。閉じていた襖を開けると、井尻の顔は青ざめていた。

五

「追い詰められましたな」

佐名木が言った。正紀の御座所で、井尻が佐名木と青山、源之助と植村、杉尾と橋本の面々に巳之助とした話の内容を伝えた。

安房屋から御用金を得る話については耳にしていたから、皆が関心を持っていた。

「巳之助なれば当然の動きでございましょうが、こちらには厳しゅうございまする」

杉尾がため息と共に言った。

「しかしどこで知ったのでしょうか」

「国替えのことを知っているのは、家中の者だけです。誰かが漏らしたことになりまする」

橋本の言葉を受けた源之助が、怒りの口調で言った。青山と植村も、不満顔で頷いている。

「家中の者とは限るまい」

正紀は思ったことを口にした。国替えのことを知っているのは、高岡藩や七日市藩の者だけではない。

「何者か、当たってみまする」

源之助が言った。

源之助は、植村と橋本の三人で油堀堀川町の河岸に立った。源之助と植村は何度か安房屋へは来ていたが、江戸へ出て間のない橋本は初めてだ。とはいえ橋本は、番頭と手代一人の顔は高岡で年貢米売買の折に何度か見ていた。

「それがしが、訊いてみましょう」

そう告げた橋本は、店の前の通りにいた小僧に声をかけた。源之助と植村は深編笠を被っている。

「この店では、出入りをする侍は多かろう」

「はい。藩米を扱っていますので」

侍に声をかけられても、おどおどはしていない。武家の出入りが多いから侍に慣れているのだろう。

「ではこの二、三日のうちにも、来ているな」

小僧が高岡藩の国替えを知っているかどうかは不明だが、まずはここから訊いてゆく。

「見えました」

「すべて御用を受けている家中の侍か」

安房屋を使っている藩では、高岡藩の国替えについて知っている者がいるとは思えないので、そういう訊き方をしたと分かる。

「そうだったと思いますが」

念のため、他の小僧にも訊いてみた。用足しにでも出ていたら分からない。

「御用をいただいているご家中かどうかは分かりませんが、見かけないお侍様が見えていました」

前に声掛けをした小僧よりも、二つ三つ年上だ。

「いつのことか」

「昨日の昼過ぎです」

歳は三十代半ばくらいで、長身痩軀だったそうな。小僧では、名は分からない。そこで今度は源之助が、顔見知りの手代を捉《つか》まえて訊いた。

「名はおっしゃいませんでした」

巳之助を呼び出して、何か言っていた。話の内容は、よく聞こえなかったが、巳之助の顔色が変わったとか。

「大事なご用だったようで、すぐに奥の旦那さまのところへ行って打ち合わせをしていました」

「なるほど」

そこで国替えの話を聞いたのだと察せられた。しかし侍は、店の者には名乗らなかった。

「侍は、主人や大番頭には名乗ったのではないか」

「そうかもしれません」

ただ、本当の藩名や名を告げたかどうかは分からない。半信半疑だったに違いない。

噂だとしか言えなかったのは、そのためだろう。とはいえ、千両の金子が動く話である。慎重になったのも頷ける話だった。

「現れた侍だが、何か気がついたことはないか」

変わったことはなかったかという意味で尋ねた。何者かの手掛かりを得たい。

「背の高い方でした」

「他には」

「そういえば」

わずかに考えるふうを見せてから、手代は続けた。

「言葉に、西国訛りがあったような」

店で声をかけられたのはこの手代で、大番頭に取り次いだ。その折、ほんの少しだが感じたそうな。

「どこの訛りか」

西国の訛りといっても、いろいろとある。

「それはちと」

手代は困惑顔になった。見当もつかないようだ。西国の藩は、江戸の米屋を使わないから、西国の藩士の出入りはなかった。関わることもない。ただ耳にしたことはあるのだろう。

話を聞いていた橋本の顔に、怒りが浮かんでいる。

「何かあったのか」

手代と別れ、店から離れたところで源之助は橋本に問いかけた。

「ええ」

橋本は頷いてから、憎々し気な顔になって続けた。

「新谷藩の八木澤弥九郎ではないでしょうか」

高岡河岸で、昌助を斬った侍と考えているようだ。

「なぜそう思うのか」

植村が訊いた。

「昌助を斬った者として、高岡で聞き込みをした。その折の特徴と同じでござる」

決めつけることはできないがとした上で、橋本は答えた。

「西国の藩となると、思い当たるのは新谷藩だけだ。しかしなぜ、そのようなことをしたのか」

植村は疑問を感じたようだ。

「我らを、困らせようという動きではないでしょうか」

源之助が応じた。こちらは国替えを、ないものとしようと図っている。しかし藩札の換金などを次々に求められたら、その対応で身動きが取れなくなる。

「こちらの動きを、封じようということか」

植村が奥歯を嚙みしめた。

「ともかく、急ぎ正紀様に知らせよう」

三人は屋敷に急いだ。

正紀は佐名木と共に、源之助らの報告を受けた。

「そうか。八木澤は、国替えを速やかに進めるために動いているわけだな」

「当家出入りの、他の店にも行っているかもしれませぬ」

「いや、国許にも伝わるようにしているかもしれませぬぞ」

源之助に続いて、佐名木が言った。

「七日市藩も、同じであろうか」

そこで正紀は、源之助と橋本を七日市藩上屋敷の矢田部のもとへ走らせた。あたりが暗くなる頃、二人は戻ってきた。

「七日市藩にも、出入りの商人たちが藩札を換金してほしいと現れたそうです」

今日のことだ。年貢を扱う米問屋の主人ら三名が揃ってやって来たのだとか。

「商人らに伝えた者は分かっているのか」

「矢田部様も家臣を使って、探ったそうです」

することは同じだ。

「三十代半ばの長身瘦軀で、微かに西国訛りがあったとか」

「なるほど」

八木澤が動いているのは、間違いないと思われた。

六

暮れ六つ（午後六時）の鐘が鳴って、しばらく経った。正国は相変わらず眠りの中にいる。京と和には、交代で眠らせた。和は渋ったが、体は疲れているはずだった。

どちらも大事な体だ。

高岡藩は、危機のさなかにある。国替えの話は、外に漏れた。国許にも、広がっているだろう。それを考えると、何が起こるか分からず落ち着かない。怖れさえ湧いてくる。

国替えをやめさせる有効な手立てもないままに、日が過ぎてゆく。明日にも、家斉の命が下ってしまうかもしれない。焦りもあった。

百姓たちはどう動くか。

名主や百姓代だけでなく、小前の百姓ならば多かれ少なかれ藩札を持っている。売買に使われていた。陣屋町でものを買うことができた。高岡藩井上家がある限り、藩札は紙切れではない。

「すでに記されている金高では、使えないでしょう」

京に藩札の話をすると、そう返してきた。藩札の暴落は、藩の信用のなさを示す。

「ならばますます、どうにかしたいと考えるであろうな」

「その声が集まると厄介ですが、逆にそれをどうにかできないでしょうか」

「難しいな」

正紀は呟いた。

そこへ宗睦がお忍びで屋敷へやって来るという知らせがあった。

「おおっ」

魂消《たまげ》たが、考えてみれば実弟の最期である。会おうという宗睦の気持ちが嬉しかった。正紀が婿に入って以降、訪問は一度もない。

篝火《かがりび》を焚《た》き、玄関式台で正紀は到着を待った。

お忍びの駕籠が、高岡藩上屋敷に到着した。

「まだ変事はないな」

これが、駕籠を降りた宗睦の第一声だった。挨拶の言葉はない。多忙な宗睦が、無理をしてときを拵えたのだ。それだけでもありがたい。

「はっ」

病間へ急いだ。正国は、まだ寝息を残している。

宗睦は枕元に腰を下ろした。身を硬くして、じっと見つめた。顔が強張っている。悲しげだ。尾張一門の総帥《そうすい》ではない顔を、正紀は初めて見た。

そして顔を近づけ、耳に口を寄せた。

「直《なお》」

と呼びかけた。正国の幼名は直之丞《なおのじょう》といった。六歳違いだ。幼い頃は、そう呼んでいたのだろう。

正紀は息を詰めた。それで正国の顔が、微かに歪んだ。明らかに反応があったが、目を覚ましたわけではなかった。ただ宗睦の声に反応したのだと思った。昏睡《こんすい》の中で、何かを感じたのか。

「苦労をかけた」

耳元で宗睦は囁《ささや》いた。しばらく顔を近づけていたが、区切りをつけたように顔を上げた。このときには、悲しげな表情はなかった。

別れを告げることができたということか。御三家筆頭尾張藩主の顔になっていた。

別室で、正紀は宗睦と向き合った。

「国替えに関わる件で、新たに分かったことはあるか」

と問われた。できることをしろと告げられていた。

「ははっ」

新谷藩の使番八木澤が関わっていることと、高岡藩と七日市藩に、御用金や藩札に関わる動きがあることを伝えた。

「まあ、そうなるであろう」

驚いた様子もなく、宗睦は言葉を返した。

「国替えは、移される大名が辛いだけではない」

宗睦はそのまま続けた。

「圧政を強いる御家ならばともかく、そうでなければ、領民はもともとの家が治めることを求める」

「やり方が見えるからでしょうか」

「そうだ。人は変わることを望まぬものだ」

ここで正紀は、正国と正森の残した言葉を伝えた。

「民と力を合わせろということだな」

聞いた宗睦は言った。

「まさしく。されど手立てが思いつきませぬ」

考えがあったら、すでに動いている。

「百姓に何ができる」

問われて正紀は考えた。

「一揆でしょうか」

思いついたのはそれだが、宗睦は鼻で笑った。一揆が訴える相手は領主だ。この度の相手は、その上の公儀となる。

「井上家や前田家のためには動かぬが、百姓は己を守るためには動く」

「…………」

百姓ができることは一つしかない。それは直訴だ。

領地の百姓や町民、下級武士が起こす訴訟は、本来ならば代官や町奉行、郡奉行《こおりぶぎょう》といったところが処理をすることになる。しかしそれでは埒《らち》があかないとなったとき、直《じか》に将軍や老中に訴えることを直訴といった。

本来の手続きを飛び越して行うことだから、越訴《おっそ》とも呼ばれた。

おおむねは、外出した貴人の駕籠に駆け寄る駕籠訴《かごそ》が中心だった。止《や》むにやまれぬ事情は、それぞれにあるだろう。奉行所では解決しないものや、相手にされないこともある。

訴えの目当ては様々あるが、年貢の問題や奉行所などでは収まりがつかない出来事についてや、領主や代官の失政を訴える場合などがあった。

ただそれは、命懸けだ。大名行列を汚《けが》したとされれば、斬り捨てられることもある。それでは訴状を読んでもらうこともできなくなる。

まして相手は、老中やそれに準ずる者でなければ意味がない。定信派の老中ならば、万に一つ受け取ったとしても握り潰されると思われた。とはいえそれを口にはできなかった。

「人にはな、命を捨つる覚悟がなくてはできぬことがある」

宗睦は、正紀の胸の内を見抜いたように言った。

「だがな、領民にだけ命を捨てろとは言えまい」

「まさしく」

「その方が、命を捨つる覚悟をいたせばよい」

宗睦の迷いのない言葉に、胸が震えた。

御三家に生まれたが、宗睦は長男ではなかった。

それが今では、尾張の一門の先頭に立つ者となった。生まれ持って身についていた才と気迫、藩主になる運があった。正紀はそう考えていたが、それだけではないと初めて気がついた。

そこへ行くにあたっては、様々なことがあったに違いない。悔しい思いや必死になる場面があったことだろう。「命を捨つる覚悟」を、宗睦は幾たびもしてきたのだと察せられた。

「何ができるかを、考えよと申したはずじゃ。もうときはないぞ」

言い残すと、宗睦は立ち上がった。

宗睦が去って半刻ほどのち、正国は和と京、正紀に看取られながら息を引き取った。

まるで宗睦の訪問を待っていたかのようだった。

「ああ、とうとう」

和が漏らした。これまではめげていたが、亡くなってかえって腹が据わったようにも感じた。女は強い。

まず和と京が、正紀と共に焼香を行った。瞑目合掌《めいもくがっしょう》して、正国の冥福《めいふく》を祈ったのである。

第四章　藩札と領民

一

正国の死はすぐに、江戸藩邸内の家中の者に知らせた。翌朝には、公儀にも正式に伝えた。

「いよいよでござるか」

「無念なことだ」

一同覚悟はしていたから、藩士たちに動揺はない。とはいえ、惜しむ声は上がった。

大坂加番、定番の折にかの地まで同道し役務に従った藩士たちは特に悲しんだ。異郷で苦楽を共にした者たちである。

「葬式は、いかがいたしましょう」

井尻が、戸惑う口調で正紀に言った。見えていたことだから、支度《したく》はしていた。費用をかけても、それなりのことをしようと話していた。しかし国替え騒動の中で、事情は大きく変わっている。

「そうだな」

まずは喪に服すことになるが、葬儀については佐名木とも相談した。

「亡き大殿様におかれましては、まずは当家懸案の一事の解決を望まれることでございましょう」

国替えは、井上家の今後の趨勢《すうせい》を大きく左右する。しばし首を捻《ひね》ったところで、佐名木は口にした。

「うむ、そうだな。ならば国替えの騒動が収まってからといたそうか」

「それがよろしかろうと存じます。その折にできる一番の形にすれば、よいと存じます」

正紀の言葉に、ほっとした口調で井尻は返した。

祭壇を設《しつら》え、すべての藩士が焼香を行った。そこでは涙ぐむ者もいた。

国許へも訃報を送ったが、入れ違いに河島から急ぎの文が届いた。百姓たちの様子を伝えてきたのである。

一読した後で正紀は、佐名木と青山、井尻を呼んだ。

「各村の名主や百姓代が、陣屋へやって来たそうだ」

国替えの噂の確認と、藩札の交換に関する問いかけだったと記されていた。一度は引き取ったが、噂がさらに広がり定着し、尾鰭《おひれ》がつけば厄介なことになるだろうと綴《つづ》られてあった。

「いよいよ国許にまで、伝わりましたか」

「やはり藩札のことを言ってきたわけですね」

青山と井尻が答えた。井尻は悲痛な顔だ。正国の死よりも衝撃は大きい様子だった。

木下河岸の旅籠亀屋の番頭から聞いた話だが、他にも商人が領内の村へやって来て、国替えの話をしたとの記述もあった。

その商人は、すぐに姿を消したとか。噂を広めるために、わざわざ現れたのだろう。

「国替えは、もう避けられないのでございましょうか」

すっかり弱気になった井尻が続けた。

「藩札は、反故《ほご》にはできぬぞ」

正紀は、はっきり告げた。宗睦が口にした「命を捨つる覚悟」という言葉が、正紀の脳裏には刻みつけられている。正国も同じ考えだった。

「二割で引き取るにしても、千四百両ですから二百八十両が入用です」

井尻はそう嘆《なげ》いた。高岡藩では、もっと少ない額でも、それを得るために苦労してきた。

ただ正紀としては、藩庫を空にしてもよいという気持ちがあった。ただそれでは、引っ越しができない。

「どこへ参るにしても、道中飲まず食わずでは動けませぬ」

井尻の口から出てくる言葉は、金子に関するものばかりだった。耳が痛いが、きわめて具体的だ。井尻なりに、事の成り行きを真剣に考えていることが伝わってきた。

昼近くなって、正森が現れた。正森にも、正国の死は伝えていた。神妙な表情で焼香を済ませた。

「正式な葬式は、後でよかろう」

正紀らが決めたことに、反対はしなかった。正紀は、河島からの書状を正森に読ませた。

「そうか。いよいよ尻に火がついたな」

書状に目を通した正森は言った。目に精気がある。事態に怯《ひる》んでいる様子はなかった。

「すぐに千四百両の用意はできまい」

「そ、それはもう」

井尻が縋《すが》るような眼差しを向ける。正森は〆粕と魚油商いで貯えがあるはずだが、それは出さないだろう。これまでの苦境のときもそうだった。藩のことは藩で解決しろという考えだ。ただ今回は金は出さなくても、力は貸すつもりらしい。

「交換ができぬならば、仕方がない。そう告げればよい。とはいえそれで、藩を恨むようにさせてはなるまい」

「………」

何を言い出すのかという顔で、井尻は正森を見つめた。交換できなければ、恨むのが当然だ。

正森は、国替えがあることを前提にして言っている。

「矛先《ほこさき》をそらせるのですな」

「そうだ」

佐名木の言葉に、正森は満足そうに頷きを返した。

「二升の酒で、国替えとは酷いではないか」

「公儀のせいにするわけでございますね」

正森の問いかけに、青山が答えた。

「そうだ。領民は、得心するであろう」

口元に嗤《わら》いが浮かんでいる。ふてぶてしい顔だ。

「国替えを、理不尽と思うことでございましょう」

「民のそういう声を集めるのじゃ」

「もっともな話かと存じますが、それだけではどうにもなりませぬ」

弱気な井尻は、ため息を吐《つ》いた。

「国許の思いは、江戸には届きませぬ」

青山が続けた。

「ならば江戸へ来させればよいではないか」

躊躇《ためら》いのない、あっさりした口ぶりだ。直訴をさせると言っている。

「それでは、やって来た百姓は、命懸けとなりまする」

正紀はそれをさせたくない。

「殺されるとは限らぬ」

「それはそうですが」

直訴は、それ自体が処罰の対象になるわけではない。ただ直訴の内容が不届きであるとされたり、徒党を組んで騒動を起こし狼藉《ろうぜき》を働いたと受け取られたりした場合には問題になる。

駕籠前を汚《けが》したとされることもあった。

ただそれは、駕籠訴を受けた側がどう受け取るかによって、状況が変わる。「無礼である」となった場合には、無事では済まないだろう。

「伸《の》るか反《そ》るかじゃ。百姓たちも、腹を括《くく》らねばなるまい」

井上家中の者だけがどうにかするのではなく、領民の力も借りろと言っていると正紀は受け取った。

「ならば、それがしが高岡へ参ります」

「愚かなことを申すな」

正紀の申し出は、正森に一蹴された。そのまま続けた。

「その方が勝手に江戸を出たら、高岡藩井上家は取り潰しになるぞ」

「まさしく。待っていたとばかりに喜ぶでしょうな」

佐名木が言った。井尻や青山も頷いている。これまでのように、病にかこつけてというわけにはいかない。藩主として、多くの者の目につく。高岡陣屋周辺の村や町の者で、正紀の顔を知らぬ者はいない。

「必ず公儀に漏れまするな」

井尻が返した。

「ならばどうしろと」

「わしが参る」

正森は高岡にいると、公儀には届けている。百姓たちと話すことは、江戸へ伝わったところで何の問題もない。

藩主だった折に、圧政を敷いたわけでもない。領民たちは、正森に不信や恨みなど持っていなかった。

「今すぐ参るぞ」

正森は動きが早い。腰を上げた。

そこで正紀は、源之助と橋本を供につけることにした。急ぎのお国入りだ。三人は馬を使うことになった。

二

高岡領内の村々では、井上家の国替えの話はすべての者が知ることとなっていた。米商人と名乗る中年者がやって来て、その話をしたのである。

「新たにこちらに来るお殿様は、西国の、徳のあるお方だと聞きましたよ」

「どんな徳だね」

「領民思いですよ。重税も課さない」

そしてすぐにいなくなった。初めて見る顔だった。江戸者らしい話し方だったが、商いの話をしたわけではなかった。

「決まったわけでもないのに、いったい何なんだ」

「新たな御家の、回し者か」

怪しむ者もいたが、商人はわざわざやって来た。それで殿様の良し悪しは別にして、国替えの話はいよいよ信憑性《しんぴょうせい》のあるものとして、村人に定着した気配となった。

百姓でも町の者でも、会えばその話をする。

「くそ面白くもねえ」

申彦は、苦々しい思いでその様子を見ていた。二升の酒の件は井上家の落ち度だとしても、それで国替えは酷いという気持ちは大きくなっている。どぶろくを売って銭を得た者はなおさらだ。

「小さなことじゃあねえか」

気持ちが治まらない。

「正紀様には、二千本の杭のときから助けていただいた」

杭を集めるだけでなく、風雨の夜に杭打ちと土嚢《どのう》積みにも加わってもらった。皆が命懸けで、ずぶ濡れだった。

「そんな殿様がいるなんて、聞いたことがねえ」

村人たちとよく話をする。川沿いの百姓たちは、水害の恐ろしさがよく分かっている。日照りの方がまだましだ。

高岡河岸の活性化にも尽力してもらった。今日も荷下ろしがあって、加わった者は銭を得た。女房たちは、握り飯や饅頭を水主や船に乗ってきた旅人に売った。

「家中のお侍方も、落ち着かないようだ」

これは、様子を見ていれば何となく分かる。

「骨董品《こっとうひん》を売りに出したお侍もいるようだ」

「引っ越しの費《つい》えにするわけか」

そうなると、村の者たちの心中も穏やかではなくなる。

「このままじゃあ、収まりがつきません」

名主たちが話し合った。刈り入れが近いのに、田仕事がおろそかになってはいけない。

「とはいえ国替えは、村の者にとっても捨て置けないことだ」

「腹にあることを、話させましょう」

そこで明日、各村から十人ほどずつが彦左衛門の屋敷に集まって、これからどうするかを話し合うことになった。

翌日の夕刻になって、各村の野良仕事を済ませた百姓たちが、小浮村の彦左衛門の屋敷に集まった。十畳の部屋を三つ、襖を取り払って大広間にした。入れない者は、廊下や庭から話し合いに加わる。手や足には、泥がついたままの者もいた。

「国替えは、御家にとってだけ大事なわけではない」

「そうだ」

彦左衛門の言葉に、多くの百姓が頷いた。

「思うことと望むことを述べよ」

明日にも再度、家老の河島に伝えると話した。面会の申し入れは、すでに済ましていた。

「まずは国替えの話がどこまで進んでいるのか、訊いていただきたい」

大和田村の百姓代だ。

「どうせ、決まっているんだろう」

と言う者もいた。

「いったい、どこのどんな殿様だ」

「本当に西国なのか」

「年貢の取り立ては、厳しいのか」

これは村人が集まると、必ず口に出る。重税はかなわないし、遠国からやって来る、気心の知れない侍と関わるのは気が重い。

「井上様のままには、ならねえのか」

「そうだ。西国訛りのお侍が大勢来ても、話が通じねえんじゃあねえか」

「村のしきたりは、守っていただきてえ」

様々な不安もある。知らない土地の暮らしぶりを押しつけられてはかなわない。

「藩札は、どうなるのでしょうか」

これは野馬込村の名主だ。

「そうだ。虎の子の銭だ」

合わせる声が、ひと際大きかった。

「おれは娘の嫁入りのために、藩札で簞笥を買うつもりだったんだ」

そう口にした者もいた。集まった者のほとんどが、多い少ないはあるにしても藩札を持っていた。

「正紀様の代になったので、おれはなけなしの銭で引き取ったんだ」

「おれもそうだ」

「紙切れになっちゃあ、かなわねえ」

切実な声だ。それぞれに、使いたい事情があるだろう。

彦左衛門も、七十両余りの藩札がある。正紀ならば、反故にすることはないと信じていた。

「あれがねえと、おれは娘を売らなくちゃあならねえ」

これは悲鳴のように聞こえた。嫁入りの簞笥どころの話ではない。

「出せねえものは、出せねえってえことかもしれねえぞ」

河島は、換金について明確な返事を寄こさなかったと耳にした者の言葉だ。

「何だと」

「だってよ、二千本の杭だって、すぐには運べなかったじゃねえか」

「ああ。そういえば、申彦さんが江戸まで出て行ったんだっけ」

「じゃあ、どうすりゃあいいんだ」

甲高い声で叫ぶ者がいて、しんとなった。不満や怖れはあるが、どうすればいいかは分からない。

「ご公儀の偉い殿様に、国替えをなしにしてくれと、直《じか》に頼めねえか」

小浮村の小前だ。

「そんなこと、できるものか」

「下手をしたら、殺されるぞ」

いろいろと言いたいことはあるにしても、それだけのことだ。村の者だけで、何かができるわけではない。

「一揆も、起こせねえからな」

国替えを命じるのは、井上家ではない。

「泣き寝入りをするしかねえのか」

そんな声まで出た。

「目安箱ってえものがあるらしいじゃねえか。将軍様が読むそうだ」

「それでどうにかなるものなのか」

「分からねえが、何でもやってみるしかあるめえ」

そのとき中彦の耳に、疾駆《しっく》する馬蹄《ばてい》の音が聞こえた。

「はて」

一頭ではない。陣屋へ向かうのではなく、彦左衛門の屋敷の方へ音が近づいていた。

三

一方、正国が亡くなった翌日の昼下がりの頃。

矢田部は藩主利以の御座所にいた。利以宛ての、国許から来た報告の文を手渡された。

待っていたものだ。早速目を通した。

「村人が騒いでおりますな」

「うむ。江戸からわざわざやって来た商人が、国替えの話をしたとある」

「しかもすぐに引き上げたとか」

「七日市の村に、騒ぎを起こすために違いない」

「新谷藩の八木澤が動いたのでございましょう」

怒りを抑えながら、矢田部は言った。八木澤なる新谷藩士が動いていることは、正紀から聞いていた。

「徒党を組んで、狼藉を働いた者もいたようだな」

陣屋町の商家で、藩札を使ってものを買おうとした。しかし商人は、藩札での支払いを拒否した。

それがいくつもあって、騒動になったのである。

「国替えの不安で、人心が乱れているのではないでしょうか」

藩士が出て抑えたが、下手をすれば死傷者が出るところだった。

「収まらぬ町の者や百姓は、その日のうちに藩札を握って陣屋へ押しかけたそうでございます」

今度は門前が騒がしいことになった。

「引けといくら告げても、帰らなかったようで」

「藩札の扱いが、はっきりしなかったからだな」

「交換できる状態ではなく、陣屋では追い払ったようでございます」

換金できないのは明らかだから、国許の勘定方は慌てたに違いない。とはいえ力で無理やり追い返したのは、まずいやり方だったと矢田部は思う。

しかし江戸にいては、どうにもならない。

「領民の不満や怒りは、さらに大きくなっているでしょうな」

「やむをえぬことであろう。かまってはいられまい」

利以はため息を吐いた。四千両に達する額だ。勘定方は、藩の財布を一番に考えている。

「国替えとなったら、物入りだ」

と続けた。当然という口ぶりだ。

移封先《いほうさき》は、伊予新谷という話になっている。利以はそれが怖いのだ。江戸から伊予までの家中引っ越しの費用は、千両や二千両ではとても足りないと踏んでいた。

利以の頭にあるのは、それがほとんどだろう。

新谷藩には士分の家七十三戸、卒族百二十八戸があった。すべては連れて行けないにしても、とてつもない費えがかかる。またここで藩籍を奪われる者は、浪人となる。

この始末も、容易ではないと予想がついた。

戦乱のない世では、武家の再仕官などよほどのことがなければできない。藩を出たいと言う者などいないから、すんなりといかないのは明らかだ。

利以も、すっかり弱気になっていた。

ただその分、矢田部は、腰を据えてかからなければならないと腹を決めた。御家存亡のときだ。利以を当主として支え、窮地を凌がなくてはならない。

「しっかりなされよ」

名家生まれの殿様を励ました。

「藩札の件は捨て置くしかあるまい」

「いや、それでは済みますまい」

利以には、領民の気持ちは分からない。

国許からの文では、藩札の処分を間違えると一揆になるのではないかと伝えている。

領民にとって藩札は、命の金だ。

「換金を無下に拒めば、すべての領民を敵に回しまするぞ」

「まさかそこまで」

利以は気弱な笑いを浮かべながら首を横に振った。軽く受け流そうとしているが、そうはいかないのは明白だ。

芝居小屋前での藩主が起こした騒動に加え、国許で一揆が勃発しては国替えどころか、改易の口実さえ与えてしまう。そうなれば百万石の本家であっても庇《かば》えない。

「身動きが取れないぞ」

というのが本音だった。

「高岡藩は、どうなっているのであろうか」

同じ状況になっているはずである。訪ねてみることにした。先代の正国が亡くなったという話は、今朝になって本家を通して知らされていた。利以の名代としての弔問である。

正紀のもとへ、七日市藩の矢田部が弔問の依頼をしてきた。応諾の返事をすると、一刻もしないうちに矢田部は姿を見せた。

「大殿様が身まかられたことについて、心よりお悔やみ申し上げまする」

矢田部はまずそれを口にした。祭壇で焼香をした。

そして正紀と向かい合った。悔やみの言葉は受け取ったが、訪ねて来たのはそれだけではないと分かっている。

「国許が厄介なことになり申した」

文を見せられた。利以は頼りにならない様子で、矢田部は苦境に立たされている。

高岡藩はどうかと尋ねられたのだった。

「当家も、国許で騒ぎになっております」

と正紀は答えたが、藩士が出て力で収めるまでにはなっていなかった。七日市藩の方が深刻だ。

「藩札四千両が効いていますな」

同じ一万石でも、高岡藩の三倍ほどだ。換金を求める領民の圧も、三倍あるのだろう。

とはいえ金がないのは、高岡藩と同じようなものに違いない。

「当家では家臣を二人、江戸から高岡へやりました」

正紀は伝えた。百姓たちの怒りの矛先を、公儀に向けさせる。そして力を一つにして、国替えの案を引かせる狙いだ。先々代の正森も力を貸すが、もともと国許にいるとして話した。

「騒ぎの際の、当家の初めの対応がよくないものでござった」

矢田部は苦渋の表情だ。

「領主が替わることについての思いよりも、藩札を換金しろという動きになっているわけですな」

「さよう。圧政を敷いたつもりはなかったのでござるが」

無念の表情になった。困惑の気配もある。

「ううむ」

矢田部には策がなく、窮して訪ねて来たのだと理解できた。

「しかし」

本当にもう策はないのかと、正紀は考えた。領民を動かすという手は大きい。七日市藩では、無理なのか。

「ああ」

一つ思いついた。藩札を紙屑にしたくない領民の思いを、汲《く》み入れるのだ。領民は、藩主のためには動かない。しかし領民は、藩の敵ではないと受け入れるべきだ。

領民は己のため、村のためならば動く。

「国替えがないものとなれば、藩札は今のまま流通する」

すべての領民が望むことだ。

「それはまさしく」

「ならば村の者自らが公儀に訴えて、国替えをないものとするように動かねばならぬ」

手元にある藩札を紙屑にしない手立てだ。

「動きましょうや」

「領民をそう仕向けるのでござるよ」

相手は公儀だ。命を捨てる覚悟がなくてはならない。

「難しいのでは」

矢田部は弱気を見せた。

「日銭を稼ぐことができない百姓にとっては、藩札に記された金額は、そのままにはできないものでござろう」

娘や田畑を手放さなくてはならない者もいるかもしれない。

事情さえ分かれば、道理は伝わるはずだ。ただ最初にやり取りをした国許の藩士では無理だろう。すでに関係が拗《こじ》れている。信頼できない者の話には、誰も耳を傾けないからだ。

「矢田部殿が、七日市へ参られるがよかろう」

正紀は、思いついた手立てを伝えた。信頼できる者が事情を訴えれば、気持ちは通じるのではないか。

「なるほど、それしか手はありますまい」

矢田部は頷いた。迷っている暇はなかった。ただより確かなものにするためには、もう一人背中を押せる者がいた方がいい。

同じ国替えになる高岡藩士ならば、領民は受け入れやすいだろうと正紀には思えた。

「それならば、それがしも参ろう」

「まさか、そのようなことを」

矢田部は、正紀の言葉に仰天している。正紀が江戸を出るなど、考えられない話だ。

「公儀に知れたら、それこそとんでもないことになりまする」

と続けた。

「いかにも。しかしそれがしが出向くことを知るのは、七日市藩では矢田部殿だけでござる」

高岡とは違って、七日市藩の領民たちは、正紀の顔を知らない。高岡藩士と名乗れば済む。

「しかし明日は、月次御礼《つきなみおんれい》の登城がありまする」

その後に発つのでは遅いかもしれない。

「喪に服しておりまする」

正紀は言った。登城の遠慮を申し出ればいい。そういう例は珍しくなかった。公儀も、「ならぬ」という話にはならないだろう。

弔問客も予想されるが、せめて三日はそれで押し通す。

「しかし」

「かまわぬ」

正紀が七日市へ向かうのは、前田家のためではない。領民たちによる国替え反対の動きは、大きいほど効果がある。

そしてそれは一つの藩だけでなく、高岡藩と七日市藩の両方で起こることでより大きな波になる。高岡藩のために、正紀は七日市まで出向くのだ。

四

「な、何だ」

迫ってくる馬蹄の音に、村の者たちが気づいた。井上家の国替えの噂を耳にして、小浮村の名主彦左衛門の屋敷に集まった者たちだ。申彦は、周囲の者と顔を見合わせた。

馬は彦左衛門の屋敷の門を潜り、入口の前に止まった。

「おお、これは大殿様だ」

申彦は、すぐに正森だと気づいた。続いて現れたのは源之助と橋本だった。三人とも袴《はかま》は着けているが、旅姿ではなかった。

これは驚きだった。

三人が広間に入ると、一同は平伏した。正森が現れたのは居合わせた者たちには衝撃があった。

「面《おもて》を上げよ」

張りのある声で、正森は言った。

「当家に、国替えの話がある。その方らは、望むまい」

一同を見回した。口を引き結んだ表情は厳しいが、声には慈《いつく》しみを感じた。顔を合わせたときは、気さくに声をかけてきた。

「そりゃあもう」

何人かが声を上げた。正森が顔を見せたことを、すべての者が真摯《しんし》な対応として受け入れている。

「決まるのでございましょうか」

　中彦が問いかけた。これで部屋の中で声を上げる者がいなくなった。何よりも気になるところだ。

「このままでは、そうなるであろう」

　再び一同を見回した。「このままでは」というところに力が入っていた。

「すると藩札は、どうなりますので」

　大和田村の百姓代が言った。高額の藩札を持っている者だが、他の百姓もこの返事は聞きたい。

「腹蔵《ふくぞう》ないところを申そう」

　ここで一息ついてから村の者たちを見回し、正森は続けた。

「高岡藩は、天明の凶作の折より苦しい状態にあった。それはその方らも存じていることだろう」

「へえ」

　何人かが返事をした。

「しかしその方らの尽力により、護岸の手当てもでき水害もなくなった。河岸場も整い、わずかずつではあるが回復をしてきた」

一同は、無言のまま頷いた。

「だがな、まだまだすべてが回復したとはいえぬ。暮らしが苦しい者もあろう」

四公六民の年貢を五公五民にした折もあった。領民も苦難の中、受け入れざるをえなかった。忘れてはいないだろうと告げた。前よりも多くの者が頷き、ごくりと唾を呑み込んだ。

「一両と記載された藩札は、一両で交換したい。それが道理である」

「そ、そりゃあもう」

複数の者が頷いた。

「しかしな、今のままではできぬ」

きっぱりした口調だ。ここでまた正森は一同を見回したが、不満を口にした者はいなかった。

ある程度の覚悟は、皆がしていたのだろう。

「当家としては、できる限りのことをいたすが、それにも限りがある。せいぜいが、三割から四割であろう」

これで、ざわめきが起こった。多くの者が、藩札を握りしめている。その手がどれも震えた。

「うわっ」

大きな声を上げた者もいた。額面が、三分の一ほどになると伝えられたからだ。

「だがな」

誰かが何かを言う前に、正森は声を張り上げた。

「井上家がここにいる限りは、一両は一両だ」

正森が伝えようとしたのはここだ。高岡河岸は好調で、さらに伸びる。納屋を増やす計画があることも伝えた。

「一両で交換できる日が、来るということでごぜえますね」

後ろの方に座っていた老人が念を押した。

「そういうことだ」

「でも国替えは、あるんじゃあねえですか」

若い百姓だ。これも藩札を握りしめている。正森の言葉には力がこもっているが、それでも不安は拭えないようだ。

「その方らが、声を上げればいい」

待っていたかのように、正森は言った。じっとしているだけでは国替えになる。そう告げていた。

若い百姓だけでなく、居合わせた者たちは身を強張らせた。

「声を上げるったって、ここで上げても仕方がねえ」

声は江戸には届かない。百姓たちの中の誰かが言った。

「目安箱があるぞ」

中年の百姓が返した。

「それだけじゃあ、駄目だろう。将軍様の目に触れる前に、決まっちまうんじゃあねえか」

「目安箱に訴状を入れても、すぐに読んでもらわなければ、意味がねえ」

「ならば、駕籠訴じゃねえか」

「そうだ。ご公儀の偉《えれ》え人の行列の前に行って、訴状を出すんだ」

だがここで、一同はしんとなった。

「命懸けだぜ」

一人が漏らした。事の困難さが分かるからだ。しかもそれは、他人がすることではない。

「そうだな。ばっさりやられたらおしまいだ」

「でも、聞き入れられたってえ話も聞いたことがあるぞ」

「ならばお前が行け」

しばらくざわついた。

「でもよ。大殿様の仰せのように、何もしなかったら藩札は額面じゃあ換えられねえ」

「ち、違《ちげ》えねえ」

当初あった怒りや不満の気持ちは薄れている。理屈としては分かるが、不安も大きいということだ。

流れとしては、やるしかないとの動きだった。

「できるところから、やるべきだ。迷う間はない」

正森が言い、さらに続けた。

「次に来る御家は、西国の大名だという。高岡が、どういう土地か調べた気配がある」

「ああ、西国訛りの侍がいたぞ」

すぐに反応があった。正森はそれを予想した上で口にしたのだ。百姓に言わせたのが、正森の巧みなところだ。

「ああ、昌助を斬り捨てたやつじゃねえか」

怒りの声が出た。正森はその件には何も触れなかったが、知らないわけではないだろうと、中彦は思った。集まった者たちは怒りを蘇《よみがえ》らせた。

「そんなやつがいる御家を、受け入れられるわけがねえ」

「まったくだ」

集まった者たちは、興奮気味にあれこれ口にした。

「まずは目安箱だ。それから駕籠訴もしよう」

「そうだ」

決意のこもった声が上がった。

「だけどよ。いってえ、誰が駕籠訴をするんだ」

この声で、また広間はしんとなった。斬られることを覚悟の上でやらなくてはならない。声を上げる者はいなかった。

誰もが命は惜しい。

中彦は考えた。自分も命は惜しい。ただ直訴は効果があるだろうと思った。こちらの本気が伝わるのではないか。

物事は、命懸けでやらなくては動かないことがある。今がそれだ。高岡藩の国替えをやめさせることは、村のためだ。

「おれが行きます」

申彦は声を上げた。

「おお」

一同が声を上げて顔を向けた。後悔はない。刈り入れを前にした今は、田仕事が忙しい。出向くのは自分だけでいいと腹を決めた。

すると続けて声を上げた者がいた。

「おれもやります」

猿山村の小前だ。この家にも、数両分の藩札があるはずだった。

「いいのか」

申彦は問いかけた。

「おれは、正紀様に命を救われた」

百姓は言った。悪天候の中で二千本の杭を打ち、土嚢を積んだ。そのとき百姓は滑って川に流されそうになった。

「杭にしがみついていたときに、正紀様がおれの手を摑んでくれたんだ」

「ああ」

申彦はその場面を思い出した。近くにいたから分かった。

「あれがなければ、おれはあのとき川に流されていたんだ」

「よし。では行こう」

するとさらに二人の者が手を挙げた。この二人も、激流の利根川での杭打ちに加わっていた。

「それでよい。その意気込みがあれば、閣僚を動かせるであろう」

正森が言った。申彦を含めた四人が、江戸へ向かうことになった。

五

「では七日市へ、すぐにも参ろう」

正紀は、矢田部に言った。高岡藩上屋敷の客間である。

「今頃七日市領内では、何か起こっているかもしれぬ」

「さようでございますな。かたじけない」

矢田部も、正紀が同道することに得心したらしかった。

そこでまず、佐名木に事情を伝えた。

「それがよろしいでしょう」

話を聞いた佐名木は即答した。高岡藩と七日市藩の領民が、同時に事を起こすことに意味がある。

「喪に服すということにいたしましょう」

明日八月十五日は月次御礼で登城の日だが、今日から三日間は屋敷から出ない旨を公儀に伝えることにした。弔問客にも会わない。

京にも、正紀はこの話をした。

「事を解決することが、何よりの供養になると存じます」

京は言った。

「そなたの体のことが案じられるぞ」

正国の看護があって、疲れが溜まっている。腹の子にとっても、今は一日一日が大切だ。

「何を仰せられますか」

京は正紀を見つめた。

「私の体は、藩あってのものでございます」

「ううむ」

そうかもしれないが、正紀にとっては勝《まさ》るとも劣らないものだ。京の腹に手を当てた。

正紀は正国の霊前で両手を合わせ、七日市行きを報告した。

家臣の身なりになって、矢田部と共に屋敷を出た。青山をやればいいという気持ちはあったが、ここは正念場だから己の声で訴えをしたかった。

他に伴ったのは植村だけで、正紀は青山太平を名乗ることにした。

「参ろうぞ」

深川小名木《おなぎ》川から関宿へ向かう荷船に、三人は乗り込んだ。

正紀と植村、それに矢田部が乗った荷船は翌日未明に関宿へ着き、利根川を上る荷船に乗り換えた。ここからは、常の高岡へ向かう経路ではなくなる。向かってゆく船首の先に、赤城《あかぎ》の山々が見えた。

利根川の支流烏川《からすがわ》を経《へ》て鏑川《かぶらがわ》に入り、そろそろ夕暮れどきになろうかというときに、七日市領内の船着場に降り立つことができた。領内の村に入ったらどうするか、船中で入念な打ち合わせをした。

船着場近くに老婆がいた。

「領内に、変わったことは起きていないか」

矢田部が問いかけると、老婆はおどおどした目になった。

「金剛院《こんごういん》に、村の者たちが集まっています」

「鍬《くわ》や鎌を持ってか」

祭りや法事などでないことは、老婆の様子を見ていればわかる。

「そうではねえが、皆怒っている」

このまま放っておけば、怒りは膨らみ藩への信頼はなくなる。ついには一揆になるかもしれない。

「陣屋の者は、動いておらぬな」

「まだそこまでは」

動いていないのならば、それはそれでいい。再び力で抑えるようなことをしたら、取り返しのつかないことになる。

「こちらでござる」

ともあれ矢田部に導かれて、金剛院に急いだ。

「前田家ともゆかりの深い寺です。そこに集まっているというのは、領民たちの覚悟を示しています」

矢田部が言った。檀家の百姓も少なくない。本堂の建物が見えてきた。三人は、山門を駆け抜けた。

境内には百姓の姿が見えた。各村の名主や百姓代など百人ほどが集まっていた。皆、野良着姿だ。七日市村の名主は、惣左衛門《そうざえもん》といった。

「これは矢田部様」

何人かの名主は、矢田部を知っていた。江戸詰めだが、度々領地へ入った。惣左衛門から状況を聞いた。

「収まらぬ者が、少なからずおります」

藩札の件もあるが、藩士たちが取り合わないどころか力で追い返されたことに腹を立てていた。正紀は矢田部の後から、百姓たちが集まる広間へ入った。それで話し声が止まった。

武家三人に向ける百姓たちの眼差しは厳しかった。

「何をしに来た」

との声が、どこかから聞こえた。

惣左衛門が、一同に矢田部を紹介した。藩主近くに仕える上士であることに触れた。ここで話したことは、藩主利以に伝わると告げたのである。

「藩札の交換に、お見えになったんですかい」

と言った百姓がいた。無礼な口ぶりだが、矢田部は何事もなかったかのように一同に声をかけた。

「先日は、その方らの話を充分に聞かぬまま帰らせたのは、こちらの落ち度であった」

矢田部は頭を下げた。これは船中で打ち合わせていたことだ。こちらの落ち度は認めるべきだという、正紀の意見だ。まずは昂《たかぶ》っている百姓たちの気持ちを鎮《しず》めなくてはならない。

「ああ」

矢田部の反応には、百姓たちは驚いたらしかった。それで怒りが収まったとは感じないが、場の殺気立った空気が微妙に変わったのは分かった。

「藩札の件だが」

矢田部はそれから、肝心な点について切り出した。すると矢田部が続ける前に、百姓たちが声を上げた。

「他国へ移る前に、何としても換えてもらいてえ」

「そうだ。おれたちは前田様だから、藩札を受け入れてきたんだ」

「ご本家から、用立ててしてもらいたい」

七日市藩前田家には、加賀百万石がついている。だからこそ一万石の小藩でも、四千両の藩札が受け入れられた。

領民は、分家ではなく本家の力を信じていた。

「本家から金子を得ることはできぬ」

躊躇《ためら》いのない口調で矢田部は告げた。その場しのぎのごまかしや、淡い期待を持たせるようなことは言わないと決めてきた。

命懸けの動きをさせる。口先だけのまやかしでは人は動かない。

「ああ」

呻《うめ》くような声があったが、それだけではなかった。

「じゃあ、どうなるんで」

「紙屑になるってことじゃあねえでしょうね」

怒りを向けてきた。百姓たちも、藩札が使えなくなることへの恐怖がある。だからこそ、強く出てきているのだ。

「そのようなことはない」

「都合のいいことを口にするな」

これもどこかから飛んできた言葉だ。それで少しの間ざわついたが、中年の百姓が野太い声で問いかけた。

「ならばどれくらい」

これですうっと、話し声が消えた。

「二割、多くても三割であろう」

矢田部と事前に話し合ったところでは、これでも苦しいとのことだ。前田家は藩札をそのままにして七日市を出たいところだが、それはできない。

領民が騒げば、陣屋の受け渡しどころではなくなる。これは藩の不始末だ。

「冗談じゃねえ」

「おれたちに、首を括《くく》れと言うのか」

十両分から二十両分を持っている者は少なくないと、正紀は矢田部から聞いている。土地持ちの小前ではあっても、その額はきわめて大きい。借金のある者なら藩札は役に立たず、娘を売らなくてはならないかもしれない。

「田圃を手放して、小作にならなくちゃならねえ」

「出て行く殿様は、おれたちを守らねえのか」

あれこれ、怒りや嘆きの声が上がった。聞いていれば、もっともなことだ。正紀はそれで、高岡のことを思った。正森は源之助と橋本を連れて出向いたが、各村ではどうなっているのだろうか。

片時も忘れてはいなかった。

「そこでだ」

矢田部は声を張り上げた。

「何としても、当家では国替えをなしにしたいと図っておる」

叫び声に近い。矢田部は正念場だと考えて、百姓たちに訴えようとしていた。

「そんなことが、できますんで」

「殿様が、贅沢をしたからだって聞いたぞ」

どさくさまぎれに口にした者がいた。藩や、殿様である利以への親しみは感じない。冷ややかだ。

矢田部は、さらに声を張り上げた。

「藩札は、前田家が出したものだ。前田家は、金子に換えなくてはならない」

「遠方じゃあ、受け取りに行けねえじゃねえか」

「当家は、七日市に残るつもりでおる」

「そんなことが、できるのか。まやかしではないのか」

しかしここで、どこかの名主らしい老人が続けた。

「なるほど。前田家がいれば、藩札は使えるわけですな」

「そういうことだ」

「じゃあ国替えをなくす手立てが、あるのでございましょうか」

ざわつく中から聞こえたこの声を、矢田部は逃さなかった。

「あるぞ」

「どうするんで」

「その方らが、声を上げるのだ」

「ご公儀に訴えるてえことですかい」

「そんなことできねえ。ここで何を言ったところで、どうにもならねえ」

「まったくだ。おれたちを、騙そうというのか」

とんでもないとの声ばかりだ。

「前田家が国替えになるならばそれでもいい。新しい殿様が来るだけだ。おれたちは、前田家が出した藩札を引き取ってもらいてえだけだ」

前田家など、どうでもいいという空気だ。

六

「前田家がいなくなれば、藩札は紙屑に近いものになる。そういうことだぞ」

領主への思いがない者たちには、情で訴えても動かない。矢田部は脅すような口調になって続けた。これも手立ての一つとして、正紀と話していた。

「それでよいのか」

矢田部は明らかに居直っている。とはいえ藩札を紙切れにしない唯一の手立てであることは、明らかだった。

しかしながら居合わせた者たちにとっては、今日初めて聞く話ばかりだ。

「公儀に直訴でもするのか」

「そんなことをしたら、斬られるぞ」

反発する者もいるが、腕組みをして考え込む者が現れた。矢田部の言う意味を、理解した者たちだ。ここで正紀は立ち上がって声を上げた。

一押《ひとお》しするのは、今だという判断だ。

「それがしは、下総高岡藩士の青山太平である」

それがどうした、という目を向けた者は少なくないが、正紀は続けた。

「此度《こたび》の国替えは三方替えで、七日市藩と高岡藩、それに西国の大名家である」

「ほう」

国替えの相手になる大名家の家臣だと知って、様子が変わったのを感じた。話を聞こうとする態度が窺えた。

「当家でも、藩札の交換には苦慮をしている。苦しい事情は前田家と同じである」

「で、どうなさるんで」

「すべての者たちは、声を上げている。その方らと同じだ」

「そうに決まっている。藩札が紙切れになってはかなわねえですからね」

他にも同じように苦慮している者たちがいることに、どこか安堵した気配もあった。

「その人たちは、どうしようとしているんですかい」

「江戸へ出て、訴えると言っている」

「そ、そりゃあ」

この手立てについては、すでにここで出ていた。それをやると決めていると伝えたことに、衝撃があるらしかった。

「目安箱への訴えだけでなく、江戸で、直《じか》に公儀の老臣に駕籠訴をすることも考えに入れている」

これは正森とも打ち合わせたことだった。事実高岡では、事を進めているはずだ。

まやかしは告げていなかった。

「そうやって百姓を死なせて、土地に残ろうとするのか」

「まったくだ。お侍のやることだ」

一部の者は、激昂している。

「そうではない。死なせぬことを考えて行うのだ」

「ふん。きれいごとではないのか」

「まあ聞け。よいか、何者かが勝手に駕籠訴をしても、相手にはされぬ」

「…………」

「しかしな、訴状を受け取らなくてはならない状況を作れば、公儀のご重役でも容易《たやす》く訴人《そにん》を斬り捨てることができなくなる」

百姓たちは、驚いた様子で顔を見合わせた。

「そんなことが、できるのでしょうか」

わずかに、物言いが変わった。

「国替えをやめてほしいと訴えるのは、七日市藩だけではない。高岡藩も同様だ。一つの藩の領民が力を合わせることで、強い力になる」

そのために、高岡からやって来たことを伝えた。

「わざわざここまでですかい」

「いかにも」

「でもよ、そうかもしれねえぜ」

と口にした者がいた。領内白岩《しらいわ》村の名主の次男坊で喜作《きさく》という者だった。この名主の家では、百両近い藩札があると矢田部が耳打ちしてきた。

「高岡藩井上家は、尾張徳川家の一門である」

まずはそこを強調した。「尾張って何だ」という顔をした者もいたが、分かる者も少なからずいる。

「加賀と尾張が合力《ごうりき》して、訴状を受け取らせるようにするのだ」

と続けた。

「できますか」

「やらずして、できることはなかろう」

「それを受け取ったら、どうにかなるのでしょうか」

「分からぬが、受け取った以上は見なかったことにはなるまい」

正紀は返した。

何としても出てきてほしいと頼んではいない。自発的に出てくるのを待った。それだけの気持ちがなければ、この役目は務まらない。

ここで喜作が、広間にいる者に訴えた。

「おれと江戸へ行く者はいねえか」

喜作の気持ちは固まっているようだ。少しの間、静かになった。そしてしばらくしてから、手を挙げる者がいた。

「藩は、当てにならねえ。ならばおれたちで、やるしかねえだろう」

喜作と同じくらいの歳の者だった。加わると告げた。

そしてもう三人、「江戸へ行く」と声を上げた者がいた。

「いいのか」

矢田部が念を押した。

「喜作だけに行かせるわけには、いくめえ」

五人が、江戸へ向かうことになった。藩のためではなく、手元にある藩札を守るためだ。

百姓たちにも、義理や人情、同じ状況の者を守りたいという気持ちがあることを、目の当たりにした。

「急がなくてはなるまい」

正紀は言った。正式な国替えの命は、いつ出てもおかしくない。下手をしたら、今日にも出ているかもしれなかった。

出ていたら、これらの動きはすべて無駄になる。

その事情を喜作らに伝えた。喜作の父が、目安箱と直訴のための文を拵《こしら》えた。文面の内容は、すでに正紀と矢田部が、行きの船中で練っていた。

「では、すぐにでも発ちましょう」

訴状ができると、喜作が言った。やるとなれば、動きは早かった。翌朝の暗いうちに、舟の用意をした。

「村のためだ。腹を据えて行ってこい」

見送りに来た喜作の父親が言った。

「はいっ」

態度物言いに、喜作の覚悟が伝わってくる。

鏑川から烏川の河岸場へ出て、関宿に向かう荷船に乗った。

「体が、震えます」

一人が言った。怖いのは当然だ。その気持ちは、正紀にもよく分かった。

「全力を尽くしても、守れないこともあるのでは」

矢田部が漏らした。矢田部にも不安があるのだろう。喜作らには聞こえないところで言った。

「あの者たちを、殺させはしない」

正紀は、決意を込めて口にした。正紀ら八人は、翌日の夕刻に江戸小名木川河岸に着いた。

第五章　駕籠訴の朝

一

　正森と供の源之助に橋本、申彦ら村の者が江戸の高岡藩邸に着いたのは、八月十七日の正午前だった。申彦など村の者も馬に乗れたので、四頭の馬での移動だった。

　正森以外は、一頭に二人が乗った。

「よくぞ参った」

　佐名木は、申彦を始めとする四人にねぎらいの言葉をかけた。百姓たちは緊張があるからか、疲れを見せなかった。

　それから佐名木は、正紀が矢田部と共に上州七日市へ向かっていることを正森に伝えた。藩札に揺れる百姓たちの暴走を防ぎ、まとめて直訴に向かわせるためだ。

「うむ。よい判断じゃ。あやつならば、どうにかするであろう」

満足そうに頷いた。正紀ならば、百姓たちを動かせるだろうと続けた。

さらに佐名木は、正森から小浮村での百姓たちのやり取りについて聞いた。

「声を上げた者たちは、二千本の杭のことを口にしましたか」

あの年は激しい野分に襲われたが、利根川堤の補修によって水害を防ぐことができた。その後も、水害は起こっていない。

「うむ。これまでのことが、今に生きているのであろう」

正森も、初めから正紀に好意的なわけではなかった。様々なことがあって、心の持ちようが変わった。

「後はうまくやれ」

そう言い残すと、正国の霊前に線香をあげてから引き上げていった。やるべきことはやったといった顔で、さっぱりした印象だった。

「七日市では、どうなっているでしょうか」

悪い方に悪い方にと考えてしまう井尻は、気が気ではない様子だった。

西空の遠くで、傾きかけた日が朱色を帯び始めていた。烏《からす》が数羽、鳴きながら飛んで行く。

「着きましたね」

深川小名木川河岸の船着場に降りた喜作が、正紀に言った。緊張はあるが、怯んでいるのとは違う。

他の者も同じ様子で、正紀はほっとした。

七日市藩の五人には、船中で己の身分を明かしていた。皆たいそう驚いたが、決して口外せぬと約束してくれていた。

半蔵堀河岸の七日市藩邸へ向かう矢田部や喜作らと別れて、正紀と植村は下谷広小路の高岡藩上屋敷へ向かった。

「ご無事のご帰還、何より」

正紀は屋敷の裏門から入った。迎えた佐名木が、ねぎらいの言葉を寄こした。

十五日の月次御礼で登城をしなかったことは、問題とされなかった。先代藩主の逝《せい》去《きょ》について、喪に服すのは当然という話となった。弔問客の対応も、佐名木が何事もなくこなした。

正紀が江戸を出たことは、家中でも一部の者しか知らせていなかった。

佐名木から、高岡の事情や正森の働きぶりについて聞いた。

「さすがに大殿様だな」

「まことに、気迫のあるお方で」

感心したように佐名木は言った。

申彦と三人の村人とも会った。利根川での杭打ちの折に助けたという猿山村の百姓
の顔には、記憶があった。

「よく来てくれた」

声をかけた。

「できる限りのことをいたします」

「うむ」

何よりも安堵したのは、まだ国替えの命が出ていないことだった。正紀は馬を駆って、赤坂《あかさか》の今尾藩上屋敷へ向かった。兄の睦群を訪ねたのである。すでにこのときには、暮れ六つを過ぎていた。

事前の申し入れはしていなかったが、屋敷に入ると、すぐに睦群と会うことができた。極秘の行動については、佐名木が直《じか》に屋敷まで来て伝えていた。

「待っていたぞ」

睦群は鋭い眼光を向けてきた。

「高岡藩と七日市藩から、それぞれ百姓を連れてまいりました」

「命を懸ける覚悟のある者たちだな」

「さようで」

「ならば、それでよい」

大きく頷いてから続けた。

「藩札を持つ者は、己もそれを守るために動かねばなるまい」

睦群は謀略家《ぼうりゃくか》だが、仕事はできる。先を見る目もあった。

「追って、目安箱へも訴状を入れまする」

「うむ。話の通じる大目付に伝えておこう」

目安箱の管理は、大目付の役目だ。大目付は五人いて、その中の一人は宗睦に近い者だった。

確実に、家斉の手に渡らせなくてはならない。

「本来ならば、三方領地替えの命は、昨日には出るはずだった。それが延ばされているのは、尾張と加賀が、上様に願いを入れているからだ」

睦群が言った。

「なるほど」

事実だと感じた。宗睦には、その程度の力はあるだろう。加賀前田も動いているのは間違いない。

「何もしていないわけではないぞ」

睦群には、多少恩着せがましいところがあった。

「ははっ」

正紀は頭を下げた。

「それだけではない。滝川様もだ」

「ま、まことに」

これは魂消た。大奥からも、助勢の手が伸びているのはありがたかった。

滝川は、池之端の料理屋で食事をした折に、定信が引かざるをえない状態を作れと告げてくれた。少しずつ進めているが、助言があったのは大きい。それも口で言うだけでなく、動いている。

ただ宗睦や滝川の申し入れも、いつまでもというわけにはいかないだろう。定信派は、家斉の決断を急かしているのは間違いない。

「あとは、駕籠訴《かごそ》でございます」

これも早急にやらなくてはならない。

「うむ。二家の領民が共にいたすがよかろう」

　そのために、七日市まで行ってきた。

「まずは、どこがよろしいでしょうか」

　駕籠訴をする相手のことだ。まさか初めから、定信や本多の行列というわけにはいかない。無礼討ちになっては、無駄死にだ。これは最後だ。

「受け取らざるをえないように仕向けねばならぬ」

「どのように」

　正紀には思いつかない。定信や本多が、「受け取らぬ」と言ったらそれまでだ。殺されなくても、身柄は拘束されるだろう。

「それについては、宗睦様とも話をいたした」

　宗睦も力を貸そうとしてくれているのは心強い。

「まずは、老中の鳥居忠意殿の行列でどうか」

「ええっ」

　仰天だ。まさかその名を聞くとは思わなかった。前に正紀は、国替えの中止を求めて鳥居を訪ねたが、徒労に終わった。

　鳥居に会えたのは、滝川の口添えがあったからだが、それでも願いは聞き入れられなかった。

「宗睦様と前田治脩《はるなが》様が、すでに鳥居殿に申し入れをしておる。滝川様もだ」

今度は滝川だけでなく、尾張も加賀も口利きをしているという話だ。

「しかもだ、訴状は受け取るだけだ」

と続けた。鳥居にしたら、受け取ったところで痛くも痒《かゆ》くもない。そこで尾張や加賀、滝川に貸しを作れると付け足した。

「ううむ」

定信や本多が受け取らざるをえない状況を作る。そのための外堀を埋めることだと受け取った。

訴人は調べのために取り押さえるが、罪人として捕縛するのではない。身元を調べられ、なぜ駕籠訴に至ったかを問われる。

あくまでも訴願《そがん》であって、駕籠への狼藉でないことを明らかにすれば放免となる。

高岡藩や七日市藩が、身元の引き受けをすればいい。

「まことに、鳥居様は訴状を受け取るのでしょうか」

それでも、まだ疑う気持ちが正紀にはあった。

「しかし他に誰がいるか」

誰でもいいというわけにはいかない。定信や本多に影響を及ぼせる者でなくてはならない。

「承知いたしました」

腹が決まった。

「明日とその翌々日には、老中衆の登城がある。明朝、鳥居殿の登城の折に駕籠訴を行うがよい」

登城の刻限は分かる。

「それに明日は、宗睦様も登城をされる」

「…………」

何を言い出すのかと思った。

「この行列にも、駕籠訴をいたすがよかろう」

「なるほど」

こちらは問題なく受け取られる。宗睦も睦群もしたたかだ。

「ただしこちらは、高岡藩の百姓がいてはまずかろう。一門だからな」

「ははっ。七日市藩の者だけにいたします」

今尾藩邸を辞した正紀は、その足で半蔵堀河岸の七日市藩上屋敷へ馬を走らせた。

今後の方策を、矢田部に伝えたのである。

「承《うけたまわ》った」

矢田部は目を輝かした。詳細な打ち合わせをした。

同じ日、新谷藩士の八木澤弥九郎は、高岡藩上屋敷の傍の目立たぬ場所に身を潜めていた。高岡藩も七日市藩も、国許では百姓たちが藩札のことで騒いでいる。どちらの藩も、必ず何かの動きをすると踏んで様子を探っていた。

半蔵堀河岸の七日市藩上屋敷の見張りには、配下の者を行かせている。

国許へは、出入りの商人を七日市へ行かせていた。国替えがあることと、そこから藩札が換金されなくなる虞《おそれ》について、大げさに伝えさせたのである。その後の様子も見張らせたが、効果は出ていると伝えられた。

藩札のことで、領民たちは騒ぎ始めていた。

新谷藩加藤家が伊予から江戸に近い高岡や七日市に移るのは、藩にとって都合がいい。とりわけ高岡の方が、好ましかった。そこには、これからさらなる発展が見込める高岡河岸がある。

だから自ら足を延ばして、様子を見に行った。実際に目にして、納屋を増やせばもっと伸びると感じた。

国替えがうまくいけば、自分は藩の功労者になる。地方の小藩では、手柄を立てる機会は多くない。今回は、絶好の機会だった。

このまま順調にいけば出世は間違いない。気合を入れていた。

「邪魔者が現れれば、斬り捨てるまでだ」

すでに一人、斬り捨てていた。

高岡と七日市を混乱させる種は蒔《ま》いた。必ず動きがあると、昨日から屋敷の見張りをしていたのである。

「何か企むならば、明るいうちとは限らない」

八木澤は薄闇の中に身を置いていた。

正午前には、四頭の馬がやって来た。馬上には百姓が四人いた。国許から連れてきたのだと察せられた。

「いよいよだぞ」

見張りを続けていた。

すると今になって門扉《もんぴ》が開かれ、馬に乗った侍が現れた。いかにも急いでいる様子だった。

「やはり」

追いかけることはできないが、国替えを阻止する動きだろうとは考えた。気になるが何をするかは分からない。ますます目が離せなくなった。

二

翌日早朝、高岡藩上屋敷へ、七日市藩領の喜作ら五人の百姓を、矢田部が伴ってやって来た。半蔵堀河岸の屋敷を出たのは、まだ暗いうちだっただろう。

「共に、命懸けで事に当たる者だ」

正紀は、高岡藩領の申彦ら四人と矢田部が伴って来た七日市藩領の喜作ら五人の顔合わせをさせた。九人の直訴に当たる者は、それぞれ緊張をしていた。百姓たちは意志を持った目を向けて、一人一人の名を聞いた。

大まかなところは、正紀と矢田部がすでに知らせている。最後の打ち合わせをした。申彦ら高岡藩の四人と、七日市藩の三人は、西ノ丸下の壬生藩鳥居家上屋敷で門外へ出てくるのを待ち駕籠訴を行う。そして喜作と七日市藩の残りの一人は、市ヶ谷の尾張藩上屋敷近くで宗睦の駕籠訴を行う。

場所は違うが、ほぼ同じ刻限だった。

九人は身なりを整えた。直訴には必要な作法があった。仮にも身分の高い者に願い事をするのである。

野良着などで前に出るのは無礼なことだった。

訴人は紋付羽織と袴で正装する。佐名木はすでに九人分を用意していた。申彦らは、すぐに着替えを始めた。

訴状は、今日使う二通分を用意した。それらを「上」と上書きした紙に包み、先を二つ割りにした青竹の棒の先に挟んで持つ。

鳥居への駕籠訴では、申彦が青竹を持つ。宗睦の行列の方では、喜作が手にすることになっていた。

他の者は後に続き、供侍が止めに入るのを防ぐ役割だ。訴状を持つ者を、前に進めなくてはならない。そして駕籠近くまで寄ったところで、訴状を持つ者は片膝《かたひざ》をついて青竹を差し出す。

他の者は、駕籠に向けて両膝をつき平伏をする。

「斬られるんならば、仕方がねえ」

「そうだ」

中彦も喜作も、眦《まなじり》を決して声を上げた。

宗睦や前田治脩が話を入れているとはいえ、相手は古参老中で、定信や本多と組んで寛政のご改革に当たっている者だった。命の保証はない。

ただ他の幕閣のように、定信に対する忖度《そんたく》はしない。そこに望みをかけていた。

「では、参るぞ」

正紀が告げた。

「おおっ」

九人の百姓たちは、気勢を上げた。正紀は植村と橋本を従えて、西ノ丸下を目指す。矢田部と源之助は、市ヶ谷の尾張藩上屋敷に向かった。

矢田部らと別れた正紀は、西ノ丸下に入った。鍛冶橋を渡り、さらに馬場先御門を潜ると、騒がしい人の気配はまったくなくなった。間口の広い大名屋敷があるばかりだ。重厚な長屋門が、聳《そび》え立って見える。

しんとしていて、小鳥の鳴き声が聞こえた。

行き来する侍は多くはないがそれなりにいた。月次御礼の日ならば、このあたりは行列で賑わうはずだが、今日はそうではない。広い二重橋を望む広場の、土塀の際に身を置いた。

御堀の水面が、朝日を跳ね返している。

「ここでやるぞ」

「はい」

堀の向こうの櫓《やぐら》に、中彦らは目をやった。誰かが、ため息を吐いた。江戸城をこんなに近くで見るのは初めてだろう。

萎《な》えそうになる気持ちを、腹に力を入れて体の外へ出そうとしていた。

「飲め」

正紀は、用意していた水筒《すいづつ》の酒を一口ずつ飲ませた。気付けのつもりだ。

登城する大名や旗本の駕籠もあった。老中は昼四つ（午前十時）までに登城する。

鳥居はやや早めに来るので、それを見計らった刻限にしていた。

行列が現れた。どこの行列かは、家紋で分かった。鳥居家は、竹に雀《すずめ》である。

「あれだ」

中彦が掠れた声で言った。

行くのは、村の者たちだけだ。正紀らは、訴状に関しては何があっても出て行くことができない。

「行け」

行列の先頭が数間先まで来たところで、正紀は七名の者に目を向けた。頷き返した者たちは、飛び出していった。

「お願いの儀がございまする」

中彦が叫んだ。足音しかしないしんとした広場に、その声が響いた。

行列が止まった。七人は駆け寄ってゆくが、行列の侍衆が前に出てきた。初めは驚いたようだが、すぐに動き出していた。

「無礼者」

腰の刀に手を添えた。今にも抜こうといった勢いだ。中彦らは、身には寸鉄《すんてつ》も帯びていない。狼藉ではないからだ。

「私は下総高岡藩領内の百姓の倅でございまする。何とぞ、訴状をお受け取りいただきたく」

「ご領主様お国替えの件でございます」

中彦は声を張り上げ、他の者が続けた。

「何を申すか」

腰の刀に手を触れさせた侍が前を塞《ふさ》いだ。中彦はそこをすり抜ける。追おうとする侍の間に、百姓の一人が入り込んだ。

「お願いでございます」

その百姓は、腕を摑まれ地べたに転がされた。容赦のないやり方だったが、されるがままになっていた。歯向かうことは、一切しない。

取り押さえられ、腕を捩《ね》じり上げられた者もいた。

串彦の動きは素早かったが、相手は複数だった。突棒《つくぼう》を手にした中間もいた。行く手を塞がれ、ついに両腕を捉《とら》えられた。

こうなるともう、身動きができなくなった。

「ああ、だめか」

植村が、正紀の横で呻き声を上げた。串彦が引きずられてゆく。

だがこのときのことだ。

「待てっ」

という声が、駕籠の中から聞こえた。引きずって行こうとする侍の動きが止まった。

「訴状を受け取るがよい」

鳥居忠意の声が聞こえた。

侍たちが手を離すと、串彦はその場に平伏した。そして青竹に差したままの訴状を前に出した。

身なりのいい侍が寄ってきて、それを受け取った。すぐに行列が整えられた。

「出立《しゅったつ》」

声が上がると、行列は動き出した。そして残った七名の百姓のもとに、壬生藩の侍が近寄った。

中彦ら七名は捕らえられたが、縄はかけられなかった。

行列は下馬先で止まり、鳥居は駕籠から降りた。何事もなかったかのように城内へ入っていった。

捕らえられた七名は、壬生藩邸へ連れて行かれた。しかし正紀は、胸を撫で下ろしていた。

訴状が受け取られた以上、殺されることはない。

「これで一つ、事が前に進みました」

「このことは、他の大名家にも伝わりますぞ」

橋本と植村が言った。騒ぎの様子を、離れたところから見ていた複数の侍がいた。黙ってはいないだろう。

正紀と植村、橋本の三人は、高岡藩邸へ戻った。そして四半刻ほどした頃、矢田部と源之助が屋敷に顔を見せた。

「訴状は、すぐに受け取っていただきました」

宗睦の方は、何事もなく受け取られたとか。

「うむ。それでよい」

「老中の一人と、御三家筆頭が訴状を受け取ったことは大きいですぞ」

正紀の言葉を受けて、佐名木が言った。尾張藩に引き連れられた二人は、一刻半（三時間）ほどで引き取るようにという知らせがあった。矢田部が引き取りに行った。

三

夕刻になって、鳥居家からも訴人を引き取れとの申し出があった。予想した通り、罪を問われることはなかった。源之助と植村が迎えに行った。七日市藩からは、矢田部が引き取りに行った。

揃った九名の顔を見て、正紀はほっとした。乱暴をされた気配はなかった。

「鳥居家では、何を問われたか」

正紀は、申彦らに問いかけた。

「それぞれの村や名、駕籠訴をすることになった村の事情などでした」

特にそこを尋ねられたらしい。

「どう答えたのか」

話す内容については昨夜のうちに伝えていたから、確認の意味だ。尋ねた侍の身分は分からないが、上士だろうと申彦らは返した。

「おれたちは井上家が、これからもずっと殿様であってほしいと話しました」

「ええ、おれもそう言いました」

申彦に続いて七日市領の百姓も口にした。七日市領の百姓は、利以のことをさしている。

「贅沢は、しねえでもらいてえが」

と付け足した。

高岡と七日市の領民は問いかけに、仁政をなす藩主を慕《した》っているという言い方をしたのである。打ち合わせた通りだ。

訴状には、領内の飛び地の村を除いてすべての名主が署名をしていた。各村の総意であることを、それで示したのだ。この訴状は、差し出す先を想定して、複数拵《こしら》えていた。

これは正森の知恵だ。

「もし、新しい領主が来たらどうするかと訊かれました」

答えにくい問いかけだ。圧政に苦しんだら一揆を起こす、などとは老中の家臣には口が裂けても言えない。

「おれたちは、正紀様を慕っているから、命懸けで駕籠訴をしたと話しました」

「そうです。他の殿様のためならば、そんなことはしねえ」

中彦に続いて告げたのは、利根川で命を救われた百姓だ。

「そうか。ありがたい」

返答としても、充分だ。ただそれが、鳥居の気持ちをどこまで動かすかだ。情だけでは動かないだろう。

正紀はそれから、馬で走って今尾藩の睦群を訪ねた。

睦群と対面した正紀は、駕籠訴の場面と、その後の問い質しの様子について話した。

「上出来ではないか」

「鳥居様は、中彦らの話を伝え聞いて、定信様に働きかけるでしょうか」

「まさか。そのように甘い御仁ではない」

睦群は一笑に付した。

「今日のところは、鳥居殿と尾張が訴状を受け取っただけでよい」

これだけでどうなるという話ではなかった。尾張藩が七日市藩の百姓を捕らえたのは、それが直訴をした者について、常のやり方だからに他ならない。この駕籠訴を見ていた者も、それなりにいた。

「大名旗本の間には、だいぶ伝わっているようだぞ」

ほぼ同時に、二件の駕籠訴があった。それもほぼ同じ内容でだ。

「はは。では次は、明後日の定信様の駕籠でございますね」

「そうだが、宗睦様はもう一つ間に挟めと仰せられた」

「なるほど。しかし明日はご老中方の登城はないかと」

これは分かっていた。有効な人物がいるならば、渡しておく方がいい。しかし登城がなければ、どうしようもない。門扉を叩いても、得体の知れない者の文など受け取らないはずだ。

「老中ではない。一橋家の治済様だ」

明日は登城があるそうな。御三卿の一人で、将軍家斉の実父だ。

「なるほど」

尊号の一件以来、治済は定信を嫌っている。そして近くでは、実子の亀之助を清水徳川家の養子に送り込もうとしている企みを邪魔されていた。

これも腹立たしいことだろう。

「訴状を受け取るだけだ」

力を貸すと、宗睦は見ていた。もちろんこれは、事前に治済に伝えた上での実行となる。ここで受け取りを拒否されたら、定信は受け取らない。

「しかしそれが大きいですね」

「そうだ」

老中の鳥居が受け取り、御三家の尾張、そして御三卿の一橋も受け取ったとなると、定信や本多にしてみれば、厄介な訴状となる。

「受け取らないとしても、訴人を斬り殺させるわけにはゆくまい」

宗睦と睦群の腹は読めた。

「して治済様には」

「すでに宗睦様が伝えておる」

根回しはできている。抜かりはなかった。

翌日、正紀と矢田部は、申彦や喜作ら九名を伴って一橋御門内の広場に身を置いた。

朝から風が強い、肌寒い天候だった。

一橋徳川家の御門は、鳥居家の長屋門よりもはるかに重厚で壮麗だ。堀から冷たい風が吹き抜けて、喜作がぶるっと体を震わせた。

相手は将軍家の実父だと、百姓たちは分かっている。事前に話はしてあると伝えてはいるが、怖れはあるだろう。

門扉が軋《きし》み音を立てて開かれた。行列が、姿を見せた。

「行けっ」

先頭が近づいたところで、正紀は声をかけた。

「お願いいたしまする」

訴状を差した青竹を捧《ささ》げ持った申彦が走り出すと、他の者が続いた。

「無礼者」

という声は上がったが、供侍たちは横並びになって駕籠を守り、身構えただけだった。何かを仕掛けてくることはない。

申彦と喜作は名乗りを上げると、全員でその場に平伏した。

「高岡藩及び七日市藩のお国替えについてのお願いでございます」

訴状を差し出した。

駕籠からは何の声もかからない。しかし上士らしい侍が出てきて、訴状を受け取った。

九人の百姓は身柄を押さえられ、屋敷内に連れられた。

その日の夜、新谷藩の八木澤は、下谷御徒町の大洲藩六万石の上屋敷に、江戸家老の竹垣治部右衛門を訪ねていた。

昼過ぎから雨が降り始めて、まだ止《や》んでいなかった。雨音が響いている。少し冷えた。

「何か企むのは分かっていたが、駕籠訴とはな」

「してやられました」

「鳥居様に訴状を受け取らせたのは、裏で尾張が動いたからに違いない」

竹垣は、苦々しい表情で言った。

「今日は、一橋家の行列でもやりました」

「うむ。大名や旗本の間でも、その話は広がっているぞ」

竹垣は、親しくしている大名家江戸家老や旗本たちから情報を得ていた。

「目立つことをしおって」

吐き捨てるように、竹垣は続けた。

「まことに。国替えを、ないものとするつもりです」

八木澤にしても、心中は穏やかではなかった。せっかくの企みを、これで潰《つい》えさせてしまうわけにはいかない。

「明日は、定信様のご登城があるぞ」

「やつらは、必ずやりますね」

「うむ。させるわけにはいかぬ」

「ははっ」

「定信様や本多様にしても、受け取りたくないのが本音だ。ただここまでくると、理由もなく受け取らないわけにはいかなくなった」

「そのために昨日と今日、やってきたのでございましょう」

「やめさせる手立てはないか」

「考えまする」

「しかしな、大洲や新谷の名が出ては、元も子もない」

「それは、心得ておりまする」

八木澤にしても、当然そのつもりだった。

ここで竹垣は、ふうと太い息を吐いてから口を開いた。

「定信様の腹は決まっておいでだ。高岡や七日市が何を謀《はか》ろうと、気持ちは変わらぬ」

「ありがたいことでございます」

「数日中に、上様と二人だけで対面をするらしい」

「ではそこで」

「うむ。定信様は、強く決断について迫られるとか」

「ぜひそうしていただきたく」

家斉はなかなか領かないが、ひとたび下知されれば、高岡藩や七日市藩はどうすることもできない。ここまで押してこられたのは、定信の力があればこそといってよかった。

「しかしな、借りを大きくしてはならぬ」

「いかにも」

「あの御仁に面倒なことを押しつけられても、断ることができなくなる」

だからこそ、こちらでできることはしておかなくてはならない。定信が事を進めやすいように、周りを調えておく。訴状を手にして、それでも国替えを進めたとなれば、竹垣の言う通り、受ける恩義はさらに大きくなる。

「分家だけでなく、こちらにもあれこれ求めてくる。迷惑な話だ」

竹垣にしてみれば、分家のために定信からの借りを作るのは少なくしたいという話だろう。

それで本家に離れられては、一万石の弱小藩は困ったことになる。分家の新谷藩はやっていけない。

いつかは失脚する定信よりも、本家の方が大事だ。

「かしこまりましてございます」

八木澤は頭を下げた。部屋は静かで、雨音が耳に残った。

四

いよいよ定信の登城の日となった。雨は夜のうちに止んでいて、空は澄んだ青空となっていた。

定信が北八丁堀楓川《もみじがわ》河岸の屋敷を出て、どういう経路で江戸城へ至るかについては、すでに調べていた。昼四つまでに登城する時間を考えて途中で待ち、駕籠訴を行う。

「これが何よりも肝心だ」

「はい」

正紀の言葉に、申彦と喜作、他の者たちが決意の眼差しで頷いた。ここで受け取ってもらわなければ、これまでのことも意味がなくなる。

できることはしてきたが、うまくゆくとは限らない。

これまでの駕籠訴では、宗睦が事前に話を入れていた。今回はそれがない。

「では参ろう」

正紀と源之助、植村と杉尾、それに橋本と矢田部が同道した。ゆとりを持って、早めに出た。だが歩き始めたところで、源之助が言った。

「つけてくる者の気配があります」

正紀は、さりげなく背後に目をやった。浪人者二人の姿が目についた。屋敷からつけてきた者と察せられた。

「八木澤あたりが、つけさせたのであろう」

何の動きもないとは思っていなかった。

「邪魔をするつもりでしょうか」

「そうかもしれぬ」

「追い払いましょう」

源之助と植村がその場に残って、つけてくる者に当たる。必要によっては、刀を抜くつもりだ。

他の者は、予定した道を進む。駕籠訴を行う九名に、正紀と矢田部、杉尾と橋本がついて行く形になった。

正紀たち一行は、常盤橋《ときわばし》御門に近いあたりまで来た。潜れば大名屋敷の並ぶ場所となる。駕籠訴は、できるだけ目立つところでと考えていたので、大手門に近い広場で行うつもりだった。

御門の建物が見えてきたあたりで、複数の乱れた足音を聞いた。いきなり進む先を塞ぐように、十人ほどの不逞《ふてい》浪人が現れたのである。

「な、なんだ」

行き交っていた町の者たちが、驚いてどいた。

浪人者たちは、憎しみを込めた鋭い眼光で、申彦らの一行を睨みつけている。ただならぬ気配だ。

その中には、主持《しゅうも》ちの侍らしい者はいなかった。

屋敷からつけてくる浪人者の姿があった。妨害は、あるだろうと警戒していた。つけた者を追った源之助と植村は、まだ戻ってきていない。

百姓たちに、明らかな動揺があった。一同にとっては、思いがけない敵が現れたのである。

「怯むな」

正紀は小さいが気合の入った声で告げた。警護役の杉尾と橋本、矢田部は相手の動き次第で刀を抜く。

こういうこともあると踏まえて、打ち合わせはしていた。

数間のところまで行っても、浪人者たちはどかない。

「通していただこう」

前に出た橋本が、浪人の中でも一番年嵩《としかさ》の者に言った。

「………」

何も答えない。睨み返してきただけだった。どく気配はなかった。

そのまま進もうとすると、浪人者たちは刀を抜いた。

「た、たいへんだ」

周囲にいた町の者たちが、悲鳴を上げて看板の陰や近くの店に逃げ込んだ。

「くたばれっ」

浪人者の一撃が、橋本の脳天を襲った。ほぼ同時に刀を抜いていた橋本はこれを払って、相手に斬りかかる。

浪人者たちはこの二人にはかまわず、九人の百姓たちに襲いかかってきた。

「わあっ」

申彦らは身に寸鉄も帯びていない。一斉にこの場から離れようとしたが、敵はそれをさせない動きだ。

「何の」

刀を抜いた正紀は、申彦に襲いかかった浪人者の一撃を撥ね上げた。矢田部や杉尾も、喜作や他の者を守るべく、浪人者たちに立ち向かう。

正紀は撥ね上げた刀で相手の肘《ひじ》を突こうとしたが、他の浪人者が百姓の一人の肩をめがけて打とうとしているのに気がついた。

「おのれっ」

体をそちらへ飛ばす。間一髪のところで、浪人者の刀身を躱《かわ》すことができた。そのまま切っ先を前に突き出し二の腕を突いた。

「ううっ」

刀が中空に舞って、浪人者の体がよろけた。戦意を失っている。しかしそれに目を向けていることはできなかった。

新たな浪人者が、逃げる百姓の背中を斬ろうとしている。正紀ら侍には斬りつけず、百姓だけを狙っていた。刀身を振り上げている。

正紀はそのまま前に出て、刀身を峰に返すと背中を打とうとした。

浪人者はそれに気づいた。慌てた様子で振り向いた。

正紀は振り下ろす刀の角度を変えた。刀を振り上げているので、敵の胸と腹ががら空きになっている。そのまま胸に打ち込んだ。

「ひいっ」

肋骨《あばらぼね》が折れる感触が、手に伝わってきた。浪人者の体が、前のめりになって地べたへ倒れ込んだ。

ここで初めて、正紀は周囲に目をやった。矢田部や杉尾、橋本らが浪人者と戦っていた。だが他の浪人者の姿が見えなくなっていた。

地べたで呻いている者はいるが、それを入れても襲ってきたときの人数に足りない。

道の先に目を向けると、逃げてゆく浪人者の姿が見えた。

初めは人数に押されたが、相手は烏合《うごう》の衆だった。討ち捨ててゆくと、逃げる者が現れたということだった。

だがここで、斜め後ろから足音と殺気が迫ってきた。振り向くと、刀を抜いた深編笠の侍が斬りかかってくるところだった。なかなかの長身だ。身なりからして、浪人者ではない。

相手が放った一撃を、正紀は刀身で受けた。力がこもっていて、手が痺《しび》れるほどだった。

鎬《しのぎ》がごりごりと擦《こす》れ合って、押された。押し倒そうという魂胆か。膂力《りょりょく》では、相手の方が上だ。

正紀は腰を据えて堪《こら》えた。

けれどもその寸刻あとに、相手の刀から力がすっと抜けた。前のめりに倒れそうになったのを、足を踏ん張って凌いだ。

休む間もなく、斜め上から刀身が振り下ろされてきた。勢いのついた一撃だ。後ろに引けば、そのまま斬りつけられる。正紀は斜め前に出ながら、刀身を鎬で受けた。

しかし相手の動きは、それでは止まらなかった。刀身が一瞬後ろに引かれたが、今度は首筋めがけて打ち下ろされてきた。

ただ攻め急いだ気配があった。切っ先にぶれがあった。

これを払うのは、難しくはなかった。正紀はさらに前に出て、横に払った。

刀身はぶつかり合ったが、あっけないほど反応がなかった。これまでとはまるで違った。

「おかしい」

胸の内で呟いた直後のことだ。至近の距離から、切っ先が胸を目指して迫ってきた。

相手は、こちらの動きを見透かして動いたのだと分かった。

正紀は身を横に飛ばして、相手の刀身を払った。すると今度は、小手を突く小さな動きを見せた。

身を斜めにして躱すと、迫っていた腕が目の前から引かれるところだった。

「とう」

正紀は、その二の腕を目指して切っ先を突き出した。

「ううっ」

骨を砕く手応えと共に、相手の呻き声がごく近くから聞こえた。肩で相手の胸を突くと、相手の体はあっけないくらいに容易く地べたに崩れ落ちた。

ここで深編笠を剝《は》ぎ取った。

「これは八木澤です」

すでに相手を倒していた橋本が、傍に駆け寄ってきて言った。矢田部と杉尾は、浪人者を追い散らしていた。

「このお侍だ」

「おおっ。高岡に来ていた侍だ」

申彦が言うと、顔を見ていた他の百姓も声を上げた。状況からすれば、昌助を斬った者となる。

「ともあれ急ごう」

手間取ってしまった。行列を追いかける。追いつけなければ、駕籠訴の機会を失《しっ》する。

杉尾と橋本に、八木澤と倒した浪人者たちに縄をかけさせた。このときには源之助と植村も現れていた。

「後に続き、大手門まで運べ」

と命じた。

そして正紀と矢田部は、申彦ら九名を伴って、駕籠訴をすべく大手門へ向けて走った。皆必死だ。

遅れれば、すべてが水の泡だ。

大手前に入ったところで、行列の最後尾が見えた。足を速め、その間を縮める。

「おおっ」

「お願いいたします」

申彦と喜作が叫んだ。

行列後尾にいた侍たちが振り向いた。そのまま行く手を塞ごうと百姓たちの前に立ちはだかった。

その間にも、駕籠は進んでゆく。

侍たちは、刀を抜かなかった。大手門前での流血を避けたのである。

正装した百姓たちは、刃物を見せていない。青竹の先に差した訴状を捧げているだけだ。

老中の行列としての配慮だと、正紀は察した。

ただ侍たちは取り押さえようとする姿勢は見せた。その侍たちの隙間を、申彦と喜作はすり抜けていく。

駕籠近くまで行った。ここで駕籠が停まった。

すべての百姓たちは動きを止めて、平伏をした。

中彦が口上を述べようとしたが、侍たちが体を取り押さえた。もう身動きできない。駕籠は再び進み始めた。

「ああ」

中彦が、無念の声を上げた。斬られる気配はないが、訴状は受け取ってもらえない。

ここで正紀は腰の両刀を鞘《さや》ごと抜いて捧げ、定信が乗る駕籠の近くに出た。止めようとする者を躱してのことだ。命懸けでなければ、とてもできない。

「お待ちくだされ」

声を張り上げた。供侍たちが身構えたが、そのまま続けた。

「ただ今、駕籠訴の者たちを襲った賊がござり申した」

己の身分や名は告げない。しかし駕籠の中から見れば、正紀の顔は分かるはずだった。再び駕籠が停まった。

正紀は正座して、二刀を膝の前に置いた。

「その賊は、西国のさる藩の使番を務める者でござり申した」

それだけ言えば、どこの藩の誰かは分かるはずだ。

「お引き取りいただきたく」

正紀は告げた。そのまま八木澤を大目付など公《おおやけ》の場に連れ出せば、身柄を引き取った新谷藩は吟味《ぎんみ》などせず腹を切らせるだろう。それで終わらせては意味がない。

「あの百姓どもに訴えられては、困る事情がありますようで。お調べいただきたく存じまする」

八木澤の身柄を、定信の行列と絡めることにしたのである。

ここで八木澤の身柄を乗せた荷車を、源之助たちが引いてきた。

それでも駕籠の中から、返事はなかった。

正紀はさらに声を上げた。

「賊の身柄をお引き取りいただけぬならば、大目付の屋敷まで届けまする。老中首座である松平定信様に駕籠訴をしようとした百姓を、襲った者としてでござる」

新谷藩が関わる襲撃を、公にするぞと伝えたのである。小大名の使番が起こした小さな事件ではなくなる。大目付は、その背景を調べることになる。

ここで初めて、駕籠の中から声が聞こえた。

「訴状を受けよ」

それで定信を乗せた駕籠は行列を再開した。

中彦らの訴状は受け取られた。八木澤の身柄は、この場に残った定信の家臣らに引き渡した。駕籠訴をした中彦らも身柄を押さえられ、定信の屋敷へ連れて行かれた。

ここでも縄はかけられなかった。

ともあれ訴状を、定信に受け取らせることができた。正紀は、大きく安堵の息を吐いた。

できる限りのことはした、という気持ちだった。

このことを伝えるべく、源之助と植村を宗睦と睦群のもとへ走らせた。

五

家斉が大奥で滝川から、独り言を聞いてほしいと頼まれたのは、鳥居らへの駕籠訴のあった三日後の夕暮れどきだった。御台所の寔子と会う前のほんのわずかな時間である。

大奥の実力者である滝川の話を聞くことは、無駄ではなかった。大奥だけでなく、耳に入りにくい諸侯の様子も頭に入れることができるからだ。大奥の実力者には、思いがけない情報が入る。

そのことは、家斉もよく分かっていた。耳にしたことは取捨して、政《まつりごと》に生かす腹だった。

聞いたからといって、その意に沿うつもりはない。ただ参考にはする。

「ご老中松平さまより出ている、三方領地替えについてでございます」

「うむ」

再三定信から上申がされていた。昨日もその話を蒸し返された。

宗睦や滝川の言葉があったので、決断はしないでいたが、そろそろ命を下そうと考えていた。

定信は、一度言い出すとしぶとい。少々うんざりしていたところだった。

明日の登城で許すつもりだった。しょせん一万石の小大名の国替えである。さして関心はなかった。

三藩とも分家。御目見《おめみえ》の際に会っているはずだが、小大名の藩主の顔などろくすっぽ覚えていなかった。正紀だけは、直参の剣術大会を催《もよお》した折に話をした記憶があった。

とはいえ国替えに同情はなかった。

「昨日、二つの藩の百姓ら十名ほどが、定信どのの駕籠に直訴をしたとのことでございます」

滝川は簡単に、その様子を伝えてよこした。訴状を出そうとした百姓を、新谷藩士が襲って捕らえられた話である。

「ほう。高岡藩と七日市藩の領民が、国替えをしないでほしいと申し出たわけか」

「さようで」

「そのための直訴を、新谷藩の者が、力でやめさせようとしたわけだな」

「新谷藩は、余計なことと考えたのでございましょう」

「定信め、その話はしなかったぞ」

昨日も会ったが、その件は何も告げなかった。国替えを許すよう言ってきただけだった。

「都合の悪い話だからでございましょう」

滝川は口元に嗤いを浮かべた。使い道はあるが、こういうところは不気味な女だと家斉は思う。

味方にしておかなくてはならない。

「捕らえられた者は、藩に渡され腹を切らせるわけだな。定信は、それで終わりにするのであろう」

面倒にならない方がいいのは確かだ。

「またその藩士は、高岡へ出向き百姓を斬ったという疑いもございます」

「確かめたのか」

「新谷藩が、なすべきことでございましょう」

瞬間厳しい眼差しになったが、滝川はわずかに表情を緩めた。

「此度の三方領地替えは、新谷藩に利があるものでございます」

「それはそうだ」

定信と縁を結ぶ大洲藩の分家であることは、分かっていた。定信の都合なのは明らかだが、しょせんは小大名の国替えだ。

腹が痛むわけではないから、宗睦や滝川の申し入れがなければ、すぐに認めるつもりだった。

「駕籠訴をなそうとした者は身に寸鉄も帯びず、命懸けでございました。襲った者は、浪人も使って刀を抜いておりまする」

「ううむ」

滝川は、百姓たちが宗睦や鳥居、治済の行列にも、駕籠訴を行い訴状を渡していたことに触れた。

「そうか、皆受け取っていたわけだな」

初めて知った。定信は、これについても何も言わなかった。

「さようで」

定信は、新谷藩の者が捕らえられていなかったら、訴状は受け取らなかっただろうと滝川は付け足した。

「駕籠訴をいたした者たちは、領民の総意で江戸へ出てまいりました」

仁政を慕ってのものだと伝えている。

「これをご覧くださいませ」

一通の書状を差し出した。駕籠訴を行った百姓たちの、宗睦宛ての訴状である。それに目を通した。

「名主の名が並んでおるな」

「それこそ、領民の願いということでございましょう」

「ああ、そういえば。目安箱にも何かあったな」

御側御用取次《おそばごようとりつぎ》から話を聞いたのを思い出した。

目安箱は吉宗公の治世から、和田倉《わだくら》御門に近い評定所の門前に毎月二日、十一日、二十一日の三回置かれた。

目安箱は政治や商いに関することから日常の問題まで、町人や百姓などの要望や不満を直訴させたものである。幕臣の訴状は禁止されている。庶民だけというのが前提だ。

訴状には住まいや名を記さなくてはならない。それの無いものは破棄された。申し出に、責任を持てという意味だ。

箱は錠前がかけられた状態で回収され、厳重な態勢で将軍のもとへ運ばれた。錠前はそこで開けられる。

滝川に告げられなければ、忘れていたところだ。

そもそも目安箱に入れられる訴えについては、深く気に留めることはなかった。身勝手な訴えが多かった。

滝川の話がなければ忘れたままだっただろう。

「お考えいただきたく」

滝川は、結論を求めなかった。意見は口にするが、そうしてほしいとは言わない。そこが老獪《ろうかい》だった。

翌日、家斉は定信と将軍御座所で会った。

各地の情報や当面の施策を聞いたところで、定信が三方領地替えの話を持ち出してきた。しぶといやつだなとは思ったが、口には出さなかった。

「下知をする前に確かめたい」

家斉は言った。今日こそは、はっきりさせるという含みを持ってのことだ。

「ははっ」

定信は怪訝《けげん》な顔をしたが、頭を下げた。

「その方に駕籠訴をいたした、二藩の百姓があったそうじゃな」

「ございました」

伝えなかった話を知っていたからか、定信にはわずかに驚いた気配があった。とはいえそれは一瞬のことだ。

なぜ知っているかの問いかけはさせない。

「それを襲った者があり、その方が引き取ったと聞く。その後はいかがいたしたのか」

「新谷藩に渡しましてございます」

明らかに苦々しい表情になった。

「どう処置をしたか聞いたか」

知らないと答えたら、責めるつもりだった。

「即刻、腹を切らせたと聞きましてございます」

「なぜ百姓を襲ったのか」

「そやつの乱心だとか」

藩主の加藤泰賢は、知らないという形となる。「乱心」というのは、便利な言葉だ。

「なるほど。その者は、高岡領内で百姓を斬り捨てたという話があるが、確かめたのか」

「その儀については、与《あずか》り知らぬことでございまする」

定信は、その話題からは逃げた。とはいえ、それを責めるつもりはない。家斉には些末《さまつ》なことだった。

「その方は、訴状に目を通したか」

「読みましてございまする」

「駕籠訴に及んだ者は、領主を慕っていたとか。それゆえ命を懸けて駕籠訴に及んだのであれば、その意を汲んでやらねばなるまい」

「………………」

定信は答えなかった。

「国替えは、なしといたす」

家斉は告げた。考慮の余地はなく、定信の意見は聞かない。

「ははっ」

定信は頭を下げた。新谷藩の不祥事を話題にした後だから、反論はできなかった。

「しぶといやつめ」

と常々思っていた。しかし家斉は、その定信の不満を押し殺した表情を目にして溜飲《りゅういん》を下げた。

六

翌日の夕刻、正紀は宗睦から市ヶ谷の尾張藩上屋敷へ呼ばれた。内容は分かっていたから、馬を駆って急いだ。

対面の場には、睦群も姿を現した。

「三方領地替えの話は、潰《つい》えたぞ」

挨拶もそこそこに、宗睦は言った。

「まことに」

正紀は、体にあった緊張が一気にほぐれるのを感じた。

「滝川殿が、ご尽力くだされた」

大奥の滝川からあった知らせの内容を、宗睦は話した。

「上様を動かすことができたのは、滝川様のご尽力ゆえと存じます」

正紀は返した。ただ案じただけでなく、動いてくれているのは分かっていた。

滝川の厚意に胸が震えた。

「新谷藩の使番を捕らえられたのは、何よりであった」

襲撃の場面は、多くの町の者が見ていた。

新谷藩加藤家にとって、高岡藩への国替えは悲願だったのに違いない。しかしすることが、乱暴に過ぎた。

「使番は、すでに腹を切ったようだ」

となると昌助殺しについては、はっきりしないまま容疑の者を亡くしたことになる。

ただそれを、今から新谷藩へ申し立てても、どうにもならない。あくまでも、知らぬふりをするだろう。

悔しいことだが、昌助は己の命で国替えの危機を防ぐ役割を果たしたと考えることにした。遺族の安寧《あんねい》は、藩が守らなくてはならない。

「定信や本多らは、臍《ほぞ》を嚙んでいることであろう」

宗睦は愉快そうに口にした。

「前田も安堵したようだ」

本家の加賀藩や利以の実家大聖寺藩のことを言っている。矢田部にも、今頃は三方領地替えが潰えた話は伝えられているはずだ。さぞかし、ほっとしているに違いない。

「ありがたいことでございます」

正紀は、宗睦と睦群に向けて礼の言葉を口にした。

「正国も、これで安堵したであろう」

先に亡くなった弟を思う顔で、宗睦は言った。いつにない尽力は、正国への思いだったのかもしれない。高岡藩国替えの一件はなくなった。

正紀は高岡藩上屋敷へ戻ると、中彦を含めた四人の百姓に、宗睦から聞いた話を伝えた。四人は一時身柄を押さえられたが、駕籠訴を行った日の夕刻に、白河藩邸から知らせを受けて青山らが迎えに行っていた。

「昌助の命は返りませんが、高岡領内の村に平穏が戻ります」

「藩札も、そのままで済みます」

中彦に続いて百姓の一人が言った。この部分は大きい。藩札を持つ小前の百姓たちにとっては、これがすべてだったかもしれない。

国替えが沙汰止《さたや》みになったことは、七日市藩の国許にもすぐに伝えられることだろう。

申彦たちは、明朝小名木川を出る荷船で高岡へ帰らせる。もちろんこのことは、佐名木や井尻、植村らにも伝えた。

「これで、余計な費《つい》えを出さずに済みます」

話を聞いた井尻は、尻をぺたんと畳に落とした。心配性の井尻は、正式な話が伝わるまでは、気を許さない。

「前田利以様はこれに懲りて、奢侈《しゃし》な暮らしをなさることはなくなるであろうな」

佐名木が言った。

「正森様も、胸を撫で下ろされることでございましょう」

と続けた。正紀は正国の位牌に報告をしてから、銚子の正森に事の顚末《てんまつ》を知らせる文を書いた。それから京にも仔細を伝えた。

「何よりでございます」

笑みを浮かべて、そう告げた。二升の酒の買い入れから始まり、減封《げんぽう》と国替えの危機が続いて襲ってきた。これに正国の死が絡んだ。心休まることのない日が続いた。

「うむ」

京の顔を見て、正紀は危機を脱したことを実感した。共に喜んだのである。

小さな声を上げた。京は正紀の手を取ると、膨らんだ腹に導いた。

「おお、動いているな」

掌《てのひら》に、赤子の動く様子が伝わってきた。これから生まれ出《い》でようとする者の、命の気配だった。


三日後、井上正国の葬儀が、菩提寺《ぼだいじ》である白山丸山《はくさんまるやま》の浄心寺《じょうしんじ》で行われた。亡骸《なきがら》は下谷広小路の高岡藩上屋敷から、白装束に身を包んだ藩士一同が葬列を組んで運んだ。

正紀と佐名木は馬上で、この葬列を主導した。

青山と源之助が先頭に立ち、譜代の中間が黒餅《こくもち》に八《や》つ鷹羽《たかのは》の紋の入った槍を立てた。正国のための空馬も引かれた。

浄心寺は井上一門の菩提寺で、本堂は正紀と、同じ井上家分家の常陸下妻《しもつま》藩一万石井上正広《まさひろ》が奉行となって改築を行った。まだ新しいこの建物で正国の葬儀を行うのは、感慨深いものがあった。

この任を無事に済ませたとき、正国はねぎらってくれた。

葬儀には、本家の浜松藩主井上正甫《まさもと》、分家の正広、高岡藩先々代藩主正森が顔を見せたが、それだけではない。正国の実兄尾張藩主徳川宗睦、実弟の日向延岡藩先代藩主内藤政脩、美濃《みの》高須《たかす》藩主松平義裕《よしひろ》、そして正紀の兄睦群など尾張一門の大名や旗本衆が勢ぞろいをした。

「壮観でございますな」

井尻が満足そうに言った。弔問客への返礼の品や、清めの膳にも吟味を重ねた。尾張一門として恥ずかしくない葬儀になったが、それは宗睦が手許金《てもときん》から二百両の香典を寄こしたからだった。日頃は吝《しわ》い宗睦だが、いかにも兄らしい悼《いた》み方だった。

葬儀に姿を見せた有力大名は、他にもあった。姻戚関係となる加賀百万石の前田治脩、その分家の七日市藩主前田利以といった面々である。また水戸《みと》一門だが、府中《ふちゅう》藩主松平頼前《よりさき》も姿を見せた。正室の品《しな》は、正国の妹だった。

さらに将軍家斉からは、供物が届けられた。

「奏者番などのお務めぶりが、認められたのでございましょう」

佐名木が言った。それだけではなかった。驚いたことに、老中首座松平定信からも供物が届けられた。

「尾張一門に対して、またその中の正紀様に対しては怒りや不満があろうかと存じまするが、知らぬふりはできなかったのでございましょう」

と佐名木が続けた。

将来を嘱望《しょくぼう》されながらも病を得、一万石の小大名のままで生涯を終えた。定信はその存在を、無視できなかったのだと正紀は察した。

僧侶による読経の声が本堂内に響いた。正紀の胸を押してくる。線香の煙が目に染みた。

井上正国、享年五十三。普山日徳玄津院《ふざんじっとくげんしんいん》と号した。

本作品は書き下ろしです。

双葉文庫

ち-01-59

おれは一万石《いちまんごく》

国替《くにがえ》の渦《うず》

2023年8月9日　第1刷発行

【著者】

千野隆司《ちのたかし》

【発行者】

箕浦克史

【発行所】

株式会社双葉社

〒162-8540 東京都新宿区東五軒町3番28号

［電話］03-5261-4818(営業部)　03-5261-4868(編集部)

www.futabasha.co.jp（双葉社の書籍・コミックが買えます）

【印刷所】

大日本印刷株式会社

【製本所】

大日本印刷株式会社

【カバー印刷】

株式会社久栄社

【DTP】

株式会社ビーワークス

【フォーマット・デザイン】

日下潤一

ISBN978-4-575-67169-8 C0193

Printed in Japan

千野隆司
湯屋のお助け人
菖蒲の若侍
長編時代小説

旗本家の次男である大曽根三樹之助は思いがけず「夢の湯」に居候することに。三樹之助の活躍と成長を描く大人気時代小説、新装版第一弾。

千野隆司
湯屋のお助け人
桃湯の産声
長編時代小説

湯屋の主人で岡っ引きの源兵衛が四年前に捕らえた罪人が島抜けした。三樹之助は悪人の牙から罪なき人々を守れるか!? 新装版第二弾!

千野隆司
湯屋のお助け人
覚悟の算盤
長編時代小説

「夢の湯」に瀬古と名乗る浪人が居候として加わった。どうやら訳ありのようで、力になりたいと思う三樹之助だが……。新装版第三弾!

千野隆司
湯屋のお助け人
待宵の芒舟
長編時代小説

五十両の借用証文を残し、仏具屋の主人が姿を消した。三樹之助と源兵衛は女房の頼みで行方を捜すことに……。大人気新装版第四弾!

千野隆司
湯屋のお助け人
神無の恋風
長編時代小説

辻斬りの現場に出くわした三樹之助と志保。事件を調べる三樹之助だが、志保との恋に大きな転機が訪れる。大人気新装版、ついに最終巻!

千野隆司

おれは一万石

世継《よつぎ》の壁

長編時代小説
〈書き下ろし〉

正国が隠居を決意し、藩主交代の運びとなった高岡藩井上家。正紀の藩主就任が間近に迫るなか、阻止せんとする輩が不穏な動きを見せる。

千野隆司

おれは一万石

藩主の座

長編時代小説
〈書き下ろし〉

廃嫡を狙う正棠たちの罠に嵌まり、蟄居謹慎の身となってしまった正紀。藩主交代を目前にして、窮地に追い込まれた正紀の運命は——⁉

千野隆司

おれは一万石

西国の宝船

長編時代小説
〈書き下ろし〉

新藩主として人事刷新を図った正紀だが、一部の者に不満が残る。その不満を払うべく、禄米二割の借り上げをなくそうとするが——。

千野隆司

おれは一万石

若殿の名

長編時代小説
〈書き下ろし〉

二人組の侍に命を狙われた男児を藩邸に匿うことにした正紀。身元を明かさぬ男児を温かく見守るが、実は思わぬ貴人の子だと判明し——。

千野隆司

おれは一万石

不酔《よわず》の酒

長編時代小説
〈書き下ろし〉

酒造を制限する触により酒の値が高騰。正紀は高岡領内のどぶろくを買い取り、一儲けを目論むが、たった二升の酒が藩を窮地に追い込む。